城市微光系列

韩绍敏/著

ALL THE YEARS ARE GOOD TIMES

行年方是韶华

（下）

重庆出版集团 重庆出版社

第三章

4

炎热的气温才刚刚下降一丁点儿,时光的白马就驮着人们进入了九月。"七月流火,九月授衣",对于真正经过高考考验的莘莘学子来讲,"七月流火"并不是"天气转凉,火星滑落",而是"火焰四射,凤凰涅槃",冲破十数年的寒窗之苦,在秋色满天地、收获遍人间的九月,背着家人缝制的寒衣,告别故乡,走向更远的地方。

站在西北农业大学的门口,仰望着高大宏伟的校门,姚晓雨心中充满了新奇和激动。这个性格要强的姑娘,终于凭借自己的努力,在高二年级参加高考并且一举成功。当然陪伴她一路勤奋一路辛苦也一起取得成功的还有她的好朋友李百灵,她被西北农业大学所录取,而李百灵则考入了同样位于咸阳地区的陕西中医学院。只是姚满财在欣喜之余,并不十分赞成报考这所4年前才更换校名的农业类大学。他说这学校刚刚由学院升格为大学,历史不长不说,作为农民子弟,既然跳出了农门,就应该上一些其他类的院校,不要再和农业打交道,因为庄稼不好伺候,农民太辛苦了。

从来都有自己想法的姚晓雨却不这么认为,虽然她从小也跟着姐姐经常去地里干农活,但逐渐长大的她对祖祖辈辈从事的这个行业有着一个完全不同于父亲的认识。她说:"农业,是国民经济的基础,也是最有发展前景的产业,连毛主席都说,农业生产是我们经济建设工作的第一位。中国的农民之所以现在这么辛苦,是因为中国的农业还没有步入现代化,真正的农业也就是将来的农业应该不光给人们带来物质食粮,还会带来精神食粮,就像古希腊学者色诺芬所说的那样——从事农业在某种意义上是一种享乐,也是一个自由民所能做的增加财产和锻炼身体的手段。"

姚晓雨知道高小毕业的父亲一时半会儿是不会弄明白她所说的这些"高深"理论的,但她对自己的选择深信不疑。除去她听说农业类院校学费较低但生活补助挺高之外,更主要的是她觉得不能再像姐姐一样任凭别人安排自己的命运,她必须要活出一个真正的自我。

开学的日子是9月18日,而14日正好是阴历八月十五中秋节,姐姐姚晓云在13日中午回娘家给父母送节礼了。王伟没有用摩托车送她,姚晓云自己骑着自行车过来,她说下午没有课,就请了半天的假,明天一大早再去学校。在金井的大街上买了四样礼:一吊瘦猪肉、一条红豆香烟、两瓶汾阳王酒、两包福同惠月饼,另外还给姚晓雨买了一些衣服和日常用品。

吃过中午饭,姐妹两个回到姚晓雨的房间。姚晓云拿出一条蓝白相间的连衣裙说:"小雨,你试一下,这是我专门从运城购物中心买的,你现在都长成大姑娘了,不知道合不合你身。"

姚晓雨把姐姐买的东西从袋子里面取了出来,怎么说呢,毛巾、香皂、牙膏、牙刷,还有胸罩和卫生带……也只有姐姐才能想到给她买这些女孩家用的必需品。现在城里面的女生都普遍使用了,但奶奶和母亲一辈子哪见过这些东西,更别说能为她准备了。姐姐还悄悄塞给她200块钱,是那种去年才发行的有着四大伟人头像的百元版,崭新齐整的,显然是专门在银行里兑换的。姚晓雨听父亲说过,民办教师每个月也就挣个六七十块钱,姐姐为她准备今天这些要积攒多少个月的工资呀!

姚晓雨的个头已经赶上姐姐了,她身材瘦一些,穿上连衣裙更显得亭亭玉立,站在地上对着墙上镜子原地旋转了一下,长发飘舞,裙裾飞扬,连姚晓云都看得呆了。她惊叹不已,喃喃地说:"小雨,你太漂亮了!"她抚摸着妹妹的肩头,轻轻地说:"大学肯定和高中不一样。大学里的学习轻松了,女孩子就有时间装扮了,应该可以光明正大地谈恋爱了。你要努力,到时候给咱家领回一个好好的女婿。"说到最后一句时,姚晓雨隐隐能听出姐姐的话语中透出一股淡淡的忧伤。

把新买的各样东西拾掇好,姚晓云提议到姚暹渠上转转。她说好长时间都没有去过那上面了,现在又是酸枣透红的时节,她想吃酸枣了,而且可以多摘一些给晓雨去大学时带上,大学里面肯定没有这些好吃的野生美味。姚晓雨说:"对呀,那里可是农业大学呀,咱就把姚暹渠上绿色环保无污染的特产带过去,让他们也见识一下运城的酸枣。"

午后的太阳还是比较厉害的,尽管姚暹渠上绿树葱茏,姐妹俩还是戴了草帽,穿了长袖。渠上地势高,南风越过中条山,跨过盐池湖水,带来丝丝的凉意,但是知了还是不满足,躲在浓密的枝叶间扯着嗓子一个劲地"喊叫"热。各种各样五颜六色的鸟儿们却是不怕,不时地从树丛间掠出,在湛蓝的天空画出一道优美的弧线,或是对着太阳笔直地就冲了上去。

时光如梭,眼前的一切似乎都依旧未变,但两个伶伶仃仃、相依为命的小姑娘却已经长大了,还有那个男孩子,三年前的那个男孩子,他现在又是怎么样了呢?

关于赵洋,姚晓雨只听李百灵说他和王红雷分数都达线了,但具体能上哪所大学却是不知道的。她反复思索着要不要把这个消息告诉姐姐。赵洋上大学了,要去远方了,而姐姐已嫁作他人妇,注定和赵洋会成为生活在两个不同世界的人,姐姐这次冒热非要上姚遑渠,是确实想吃酸枣了,还是想寻找一些什么呢?

"哎,小雨,你没听百灵说,今年解州高中考得怎么样?"姚晓云折下几条柳枝,编成一个圆圈,又摘了几朵小花镶嵌在上面,就成了一个漂亮的花环。

终于步入真正的主题了,姚晓雨咬了一下唇,回头看着姐姐,嘴角绽放出一丝调皮的笑,"姐,你直接问我赵洋考得怎么样不就得了? 解中其他人考得咋样我也不可能知道,百灵就只给我说了王红雷和赵洋的成绩。王红雷就是厉害,解州中学的状元,495分,赵洋嘛,就有点……"

"呀! 这死女,赶紧说嘛,还卖什么关子?"姚晓云脸庞一下红了,鼻尖都紧张地沁出了一层汗珠。

姚晓雨故意叹了一口气,嘟着嘴说:"嚷我干吗,高考卷子又不是我批的,我想给谁多少分就给谁多少分?何况人家是文科我是理科。"

"哎呀,你不要打岔嘛,赶紧给我说他考得咋样?有点什么?是不是……"姚晓云一着急,眼睛都有些红了,抓妹妹胳膊的手也不禁用了一下力。

"啊!好姐呢,你使那么大的劲干吗?"姚晓雨叫了一声,嗔笑着握住姐姐肩头,"我才是你的亲妹妹呢,看把你着急的!我又没有说赵洋他考得不好,我只是说他的分数有些低,但也达线了,476,全校第二呢!"

"是吗?真的?你不是骗我吧?"姚晓云一下子破涕为笑了,但两颗晶莹的泪珠还是涌出眼眶滚落下脸颊,她长舒了一口气,抚了一下胸口,"你要把我急死了呢!"

"唉,我的好亲姐呀!"姚晓雨叹了一口气,"人家这一考上大学,也许就会去很远的地方,这一辈子还不知道有没有再见面的机会呢!"

"我知道的。"姚晓云面朝着东北,那是赵洋家的方向,她的眼中盈满了欢喜,她眺望着远处隐隐约约的村庄,喃喃说道,"从我退学的那天开始,我和他就是两条道上的人了。但我还是希望他能考上大学,去大城市,有一个好的工作,有一个好的将来。因为,他是一个好人。"她转向晓雨,继续说,"好人就应该有好报的!你说是吗?"

"嗯,是的。姐!"姚晓雨使劲地点了点头,姐姐退学的时候她刚到城里上高一,不多回家,内幕详情她并不知晓。从小家里发生的事情她都很少去探究原因,因为她知道即使弄清了原因她也没有能力去改变,她唯一能做的就是努力学习,用知识来增强掌握命运的能力。但作为自小在一起长大的姊妹,姐姐的心思她多多少少还是洞悉一些的,可是姐姐毕竟已经嫁人了,而赵洋成为了一名大学生,他脚下的路将会更长更宽。大学,是沟通校园和社会的桥梁,步入大学,意味着真正属于自己的人生才刚刚开始,至于遥远的未来,谁又能说得清呢?

第三章

5

当姚家姐妹站在姚遐渠上正回味那流逝岁月中的点点滴滴之时,赵洋已经身处在位于西安市雁塔区的陕西财经学院了,他考入了这个学院的经济学系,两天前来报到的。王红雷也在西安,他被西北大学中文系新闻学专业录取。两所大学距离不是很远,两人是厮跟着一起从运城坐的火车,到了西安火车站,找见了各自学校迎接新生的接待点,两人才分的手。

两个多小时的时间赵洋办完了所有入学手续,下午基本上没啥事了,休整休整准备迎接第二天就要开始的军训。

大学生们进行军事训练是1985年各高校才逐渐普

及的,初衷是使学生在就学期间,履行兵役义务,接受国防教育,激发爱国热情,增强国防观念和组织纪律性,掌握基本的军事知识和技能,为国家培养综合素质人才和向中国人民解放军提供合格的后备兵员打好基础。只是大一新生们刚刚经历了夜以继日埋头苦读的高三阶段,可以说除了体育特长生之外,相当一部分学生的体质并不是很达标,所以各高校军训多是基本的、锻炼个人意志力的内容,并没有太高的难度,但即使如此,仍然有意外发生。

队列练习是军训的重头戏,它包括:立正、稍息、停止间转法、行进、齐步走、正步、跑步、踏步、立定、蹲下、起立、整理着装、整齐报数、敬礼、礼毕等等。在军训过程中,像站军姿、走正步这样的简单动作会机械地重复几百次,两三天下来,学生们的新鲜感就荡然无存了,再加上天气炎热、太阳炙烤,晚饭后还要集合一个小时,即便是青春年少活力四射的年龄,学生们也都累得像条狗,躺在床上就不想再动弹了。可是不行,还有个半夜拉练在等着他们呢。

半夜拉练,一般是野外长距离急行军,但是由于学校地处市区,条件限制,改成了在校园内绕着操场慢跑。每个班组成一个方队,赵洋跑在自己方队的后方,和大多数同学一样,他还是有些迷糊,没有完全从睡梦中清醒过来。夜色沉沉,路灯昏黄,长长的队伍像一条大蛇一样慢慢向前蠕动着。突然,前面队伍出现一阵骚乱,七八个人脱离方队围在了跑道边上,赵洋跑过去一看,是前面方队的一名女生,半蹲在地上,紧抱着肚子,痛苦万分。边上围着的几个男女生干着急,连声问她怎么啦,女生只是呻吟,哪里顾得上回答?班级辅导员是个年轻的女老师,也是手足无措,不知道这种情况敢不敢动她,而教官全在操场里圈,那么多人声音嘈杂,一时半会儿还没有注意到这里。赵洋眼看着女生脸色越来越惨白,额头上已有汗水渗出,他情知不能再拖延时间,喊了一声:"赶紧送医疗室吧!"挤进人群,拦腰抱起女生,撒腿就朝医疗室奔去,辅导员和几个学生随后紧跟了过来。

急性阑尾炎!不过还算送得比较及时,不然就需要动刀子来手术了。

十来天的军训很快就过去了,汇报表演结束后第二天正好是周日,赵洋睡了个懒觉,9点多才起来,吃了饭,到门卫处问清楚了西北大学的位置,然后去找王红雷。西北大学校园就在唐时长安城皇城西南的太平坊内,天子脚下自然是繁盛之地,文物遗迹挺多,王红雷带着赵洋看了清明渠遗迹和实际寺遗址,又参观了博物馆,感受了一下西安种类繁多的自然社会标本文物的历史、科学和艺术价值。作为文科生,两个人都还是比较喜欢这些的。

逛完后,两人没有回学校餐厅吃饭,在街上找了一家回民羊肉泡馍店,品尝一下正宗的西安羊肉泡。西安羊肉泡和解州羊肉泡虽然都是历史悠久的名小吃,但还是有所不同。西安羊肉泡是先把"饦饦馍"细细地掰成碎块,掰得越小越好,这样的泡馍做出来才入味,吃起来才香。而解州羊肉泡是千层饼一样的死面薄饼,外皮干干脆脆,里面层层叠叠,入味速度快。不管哪种,两人总算见识了一下两者的不同特色。

天快黑的时候,赵洋才回到学校。他是走着回来的,因为没有要紧的事,也是为了认识一下路,他便一边看着大街上的风景一边溜达着。回到宿舍,舍友告诉他下午有个女生过来打听他,没找见他就走了。赵洋颇觉奇怪,自己没有也在西安上学的女同学呀,难道是李百灵吗?听班主任说李百灵和姚晓雨今年也都达线了,李百灵好像是考上了西安附近咸阳的一所大学,但李百灵要是来西安应该先找王红雷才对呀,因为她和王红雷的关系才是最密切的。要不是她又会是谁呢?因为大家都是新来的,舍友也说不清来访的女生是本校的还是外校的,赵洋实在想不出会是谁就给扔到脑后去了。

新学期开设了8门课,4门必修,4门选修,高等数学和大学英语都是必修,这两门是让赵洋头疼的学科。在高中时他的数学就不太好,高等数学所涉及的微积分、线性代数更是让他如听天书;大学英语光听力就占20分,但当初在高中阶段是没有听力的。赵洋的初中英语老师是本村的一个民办女教员,现在想起来她的英语水平实在无法让人恭维。初一刚开始学习英语时,第一个单词是"face"(脸),当时还没有学音标,单词的发音就是由老师带领学生们反复诵读来记住的。好多学生就在单词旁边用笔写上与该单词发音相同的汉字,赵洋清晰地记得他在这个单词边上写的汉字是"法师"。运城方言中"师"的读音是"si"而不是"shi",但应当是"费丝"的发音硬让这个老师读成了"发丝",后来赵洋初三去了别的学校,英语课堂上张嘴一念单词惹得全班哄堂大笑,让赵洋从此对英语诵读有了无形的恐惧。但大学要求英语是必修的,而且还越来越重要。同样,不管是必修课还是选修课,累计超过4门不及格,也将与学位证书无缘。考试不及格叫"挂科",补考还不及格叫"高挂",如果"高挂"了,毕业的时候将会有许多麻烦。

这些都是赵洋听学长们说的,原来他比较占优势的语文、历史、政治、地理到了大学统统都不见了,所以本来熬过了高三阶段的艰苦岁月,到了大学就开始轻松悠闲的时候,赵洋却仍然不敢有太大的放松。

星期六的晚饭后,憋了一周的学生们纷纷出动,串老乡的串老乡,看录像的看录像,反正明早没人查宿舍,逛个通宵都无所谓。赵洋趴在宿舍的桌子上给家里写了封信,说了一下近期的大致情况,让家人不要操心他。到校门口把信投进了邮箱,赵洋拿着高数课本和练习册返回教学楼的阶梯教室里,他想在这里静静地看看书,把白天讲过的题再做一做。

不出他所料,偌大的阶梯教室灯光锃亮,却空荡荡的只有零星几个学生坐在前排,大约是大三、大四计划考研的学生在刻苦学习,赵洋挑了一个偏后的位置坐下来,尽量不惊扰考研的学子。他翻开书本,开始复习上课时讲过的内容。唉,高等数学和高中数学简直就是严重脱节,知识点多、背景抽象且有较大的变异性,听起来腾云驾雾一般晕头转向,下课后不好好再看半天根本无法理解。

就在赵洋刚刚看出点门道整理出做题大致思路的节骨点上,一阵嬉闹声伴随着"噔噔噔"的高跟鞋声从背后传来,赵洋侧了一下头就看见几个女生高声说笑着走了进来。可能是看到教室里有人,那几个女生吐了吐舌头,降低了说话的分贝,找了个地方坐了下来,但仍然叽叽喳喳个不停。

这几个女生显然是刚刚逛街回来,携带了一大堆物品还有零食,她们边吃着零食边交流起逛街的心得,什么化妆品,什么新版型的衣服,还有一个当红女演员的发型……唉,怪不得国庆节开老乡会时,有学姐告诉他们,现在的大学生,刚入学时都是老老实实,看上去憨憨的,但"大一土,大二洋,大三不认爹和娘",到了大二,女生们就注重打扮了,男生们则开始油皮了,心思在学习上的没几个人了。

虽然赵洋尽力想静下心来,但身后的声音无孔不入,搅得他不光无法继续往下看,连刚才好不容易搞懂的题也变得思路模糊了。他无奈地摇摇头,叹了一口气,收起书本,从前门出了阶梯教室。

夜色很好。气温不冷不热。天上的月光和地上的灯光交融在一起,明明暗暗,朦朦胧胧。赵洋慢慢地走在操场上,有风吹过,带来清爽的气息,草丛里的虫儿唧唧地叫个不停,仿佛有种回到家乡的感觉。小时候的秋天晚上,屋里还是有些热,便在院子里铺个凉席,奶奶哄

他和哥哥睡下(后半夜要回到屋里睡的),手摇着蒲扇一边扇着风,一边驱飞虫,还会轻轻地哼一首歌谣:

> 月亮明晃晃
> 贼来偷酱缸
> 哑巴高声喊出房
> 聋子听见忙起床
> 跛子赶上去
> 缺手也来帮
> 一把抓住头发
> 看看是个和尚
> ……

赵洋知道自己是想家了。虽然离家还不到两个月,但他觉得就像过了两年,从小到大还没有这么长时间离开过家呢。他肯定不会像学姐所说的到了大三大四就忘了过去的一切,家乡留给了他太多的记忆,有着他太多的牵挂和思念,父亲母亲,哥哥嫂嫂,侄女,还有运平哥,还有……还有那个虽未远嫁却也许永远没有机会再见的姑娘!

在大学里,谈恋爱已成了一种普遍现象。这不,远处树林的甬道上,花坛的沿带上,影影绰绰的都是些情侣,周末的晚上,良辰美景花前月下,正是他们放松的好时候。赵洋远离那些地方,径自走到主席台在靠边的台阶上坐下来,这里高一些,风更大一些,吹在身上更舒爽。

要是姚晓云当初能继续上学,说不定她现在也可能像他一样,坐在大学的操场里,赏天上月光,看校园风光。姚晓雨在高二都可以考上大学,作为亲姐姐,她又能差到哪里去呢?要是她也能考到这里,那么在这样的晚上,他和她就可以坐在这里,看夜色深邃,看月朗星稀,一起回顾往事,一起畅想未来……

赵洋沉浸在自己编织的幻梦里,他的嘴角绽放出一丝甜蜜的笑意。可就在这时候,身后的台基下突然"窸窸窣窣"有了动静。

"哎呀,讨厌,不要嘛!"

"我……"

"就不嘛,嘻嘻……"随后是吃吃的笑。

唉,今天晚上的点真背,怎么在哪里都找不下一个清静的地方呢?赵洋本来想大声咳嗽一下,想了想还是算了,他拿上书本轻轻地站起身来,开始回宿舍。

宿舍楼道里灯火通明,大部分的学生仍然没有回来。宿舍的门微闭着,赵洋用手中的书本轻轻一推便开了,他走了进去,一眼看见一个女生坐在他的床铺上,正在翻看他从图书馆借的那本《席慕蓉的诗》。

正在疑惑间,一个舍友端着一脸盆衣服跟了进来,朝赵洋挤了一下眼,"找你呢!"又冲着女生说,"你不是要找赵洋吗?他就是。"

女生盈盈站起,对着赵洋伸出一只莹白的小手,"你好,你就是赵洋同学?我可终于等到你了!"

赵洋一下有些不知所措,他明显是不认识这个女生的,而且从她的穿着打扮和言谈举止来看,她应该是来自大城市里的人,怎么会来找自己一个刚刚入学来自农村的大一新生呢?

人家姑娘的手已经递到了跟前,赵洋赶紧扔掉书本,右手在衣服上擦了擦,在那只温润滑腻的掌心上轻轻捏了一下。

"你是……"

女生莞尔一笑,看看马上又进来的几个舍友,对着赵洋轻声说:"咱们到外面去好吗?你看你宿舍同学都回来啦!"

"噢……好吧!"赵洋大脑还没有完全反应过来,他机械地答道。

"对了,这本书能借我看看吗?"她扬了一下那本《席慕蓉的诗》,"我也很喜欢席慕蓉!"

"噢……行!"话一出口,连赵洋自己都有些惊讶,与这个姑娘才见面不到2分钟,自己都不知道她姓甚名谁,到底是干什么的,竟然就答应借书给她。可是一言既出,又怎么再好收回呢?他只好绅士般地打开门,让女生先走,自己随后跟了出来,带上门的那一刻,宿舍里爆发出一阵艳羡的嘘声。

"我叫沈曼娜,金融系的。咱们两个系好几次在一起上大课呢。"

"哦,可能是吧,这个我还真没有留心过。"赵洋嗫嚅着,他现在还是在云里雾里,"你找我,不会就是因为……咱们常在一起上大课吧?"

沈曼娜"咯咯"笑得一下弯了腰,花枝乱颤,"你真逗!"她挺起胸膛,站在赵洋面前,直直地盯着他,说:"你真的对我没印象了?"咬了一下小唇,又说,"我是那个得阑尾炎的女孩!"

"哦——"赵洋顿时反应过来,一下子觉得轻松了好多,说话也顺溜了,"这样呀!不好意思,那天着急,天又黑,大家穿的都是校服……这段时间怎么样,恢复得还好吧?"

"还可以吧。我从小体质就不咋好,又不喜欢运动,也没住过校。那天可能是吃的不合适了。"沈曼娜上下打量着他,"你真厉害,医疗室那么远的路,你抱着我才用了不到三分钟的时间。医生说再晚来几秒就麻烦了,就要动手术的。你是不是体育生呀?"

赵洋笑了一下,摇摇头,"我家是农村的,从小就干体力活,一百多斤的东西经常扛来扛去,早就习惯了。"

"是吗?"沈曼娜啧啧惊叹,"怪不得你这么壮实,好有安全感。我以后也要向你好好学习,加强锻炼,增强体质。对了,差点忘了正事,我代表我们全家正式向你发出邀请,你何时有空能赏脸到我家吃顿便饭?"

"你家?你家就是西安市里的?"

"是呀,我家就在大慈恩寺附近。我还可以带你去游览一下唐三藏储存印度佛经的大雁塔。"

"是因为送你看病这件事吗?"

"不因为这件事也行呀。也可以因为我要跟着你锻炼身体,或者我要和你一起谈论三毛、琼瑶、张爱玲和萧红,当然还有——席慕蓉,'没有怨恨的青春才会了无遗憾,如山冈上那轮静静的满月',多好的句子,多美的意境呀,我喜欢!"

"你说的这些作家和诗人我也喜欢,我还喜欢武侠小说,梁羽生、金庸、古龙、诸葛青云、卧龙生……'独立苍茫每怅然,恩仇一例付云烟,断鸿零雁剩残篇。莫道萍踪随逝水,永存侠影在心田,此中心事倩谁传?'哎,剑胆琴心、侠骨柔肠,笑傲天下、快意江湖也是不错的人生啊!"

第三章

6

有这么一个红颜在一起谈文论诗,无疑是一件很惬意的事,本来觉得有些枯燥的赵洋也逐渐发现大学生活的可爱之处了。从中学到大学,本来就是一个质的飞跃,真正的人生道路在这里才刚刚开始,尽管每一个人的大学生活并不完全相同,但面临的前路肯定都是一样的崭新。

其实,不光是刚踏进象牙塔的大学生们,可以说几乎所有的人,只要他是在经历了一番艰难跋涉,终于走出"山重水复疑无路"的困境,找到了人生途中的"柳暗花明又一村",那么,他也一样会发现,前路是如此的崭新,生活是如此的可爱。

叶运平现在就是这种感觉。

刚刚帮着昝国良把6箱热乎乎的饼子装上三轮车，让他赶紧送往各个销售点，总算能稍微轻松一会儿了。叶运平看了一下桌上的闹钟，5:30，他便开始打扫店里的卫生，整理好各种用具，耿小芹则拎了一团和好的面堆放在案板上，着手准备做油酥饼、酱香饼等等零卖的饼子。整箱往销售点送的是普通的圆饼，利润小，但制作简单，泡沫保温箱里塞满，盖上棉褥子，两三个小时内都还是热热软软的。其他的饼子工序就要麻烦一些了，又不能提前太早做，因为那些饼子不能放得时间太长，否则口味就不好了。耿小芹现在开始动手，6点出头，第一批顾客就陆陆续续出现了，那时候饼子正好出炉。这些饼子仍然是用大铁桶炉烤的，耿小芹说炉火烤的吃起来还是香。

这种忙碌每天都周而复始地重复着，让叶运平的心一天天地充实起来，虽然每天起床的时候天都是黑乎乎的，但他的眼前却充满了光明。他不再为命运叹气，为前路发愁了。

开过年过了初五，全家人就和昝国良一道来到了杨陵，先安置好住的地方，又把饼子店的用具清洗整理了一下，然后按照耿小芹的计划，叶、昝、耿三人乘车到咸阳,用了一天的时间,跑了五六个地方,选购了一台滚笼式和面机和一台三层九盘的燃气烤箱,滚笼式和面机价格稍微贵一些,但是和成的面团含面筋度高,形态完整,表面光洁;燃气烤箱三层九盘容量大,但使用煤气,成本也不高。耿小芹又专门在西京医院给叶运平安装了一副机动假手,这样他就能干一些简单的活计。

再加上添置更换的一些东西,短短几天内,三四千块钱就花没了,叶运平隐隐有些心疼,但他还是觉得听自己媳妇的没错。有了新设备胆气就壮了,过了初七、初八,各个单位就正式上班了,昝国良抓紧时间联系了几个单位餐厅,把他们的饼子业务承揽下来,其他年前想要加量的销售点也敢应承了,现在每天普通的圆饼需求量基本上在1300个左右。昝国良说这辆二手的脚蹬三轮车也要更换了,时间长了,不合适的地方太多,每天早上要跑那么多地方,脚蹬着有些慢,影响人家餐厅开饭,能换辆三轮摩托最好,或者另买辆新三轮,像别人一样,自己装个小发动机,那跑起来也挺快的。

叶运平和耿小芹租住的房子离店里有四五百米的路程,晚上忙完,他俩回去和母亲、孩子同住,昝国良则睡在店里守店。每天早上4点,夫妻俩准时起床,隔壁的母亲和儿子军军还正睡得香,两人轻手轻脚收拾好,来到店里基本上就是4:30,这时候昝国良已经做好了准备工作,三个人就开始了一天的忙碌。昝国良去送圆饼子的时间里,耿小芹打些其他的饼子,零卖给行色匆匆的上班族或上学族,叶运平则开始做饭,熬上一锅汤,红豆小米,馏上几个馍馍,炒一大盘酸豆芽,还有咸菜,这就是大家的早饭了。

大概7点多,昝国良就能回来了,他和叶运平先吃饭,吃完饭,叶运平接替耿小芹,应付上门买饼子的客人,昝国良则开始准备中午饼子的材料。中午的饼子主要是给各销售点做牛羊肉泡的,西安传统的牛羊肉泡用的是饦饦馍,而来自运城的牛羊肉泡则多用死面饼,这两种饼子的做法还是有所不同的,相比早上的圆饼子要更费时间。耿小芹则趁这当口,匆匆吃上几口饭,夹上一个馍馍,用饭缸盛点汤,给婆婆送过去。军军现在正是学走学跑的年龄,他要是一醒来不睡觉了,腿脚不灵便的婆婆照护起来就有些费劲了。

还没走到租住的小院,耿小芹就听见小孩的哭闹声了,作为母亲,她一下子就听出是军军的声音了。她赶紧小跑着进了屋,大冷天的,军军光着屁股,哇哇哭着,两条小肉腿乱蹬,婆婆正在忙乱地给他找衣服。

"娃是不是昨晚吃得不对劲了?刚刚正在给他穿衣

服,突然就是一泡稀屎……"

耿小芹飞快地放下手中的东西,接过婆婆递过来的棉裤给军军穿上,哄了哄,堆放在褥子上,给他跟前塞了个拨浪鼓让他先玩着,自己拿起放在凳子上的脏裤子要去洗刷,婆婆赶紧拦住她:"你们忙,就不要管这些。你到你屋里给娃找些药喝了就回店里去吧。萍萍一会儿可能就会过来,她来了给娃看着,我就把这些都能收拾了。"

叶俊萍是在8:30左右过来的,她现在每天7:30准时照护阿姨吃完饭,然后按照她以前制定的康复计划,继续给阿姨进行半个小时的肢体被动运动。

肢体被动运动对瘫痪病人很有效果,也不麻烦,但就是需要长时间坚持。阿姨可以说就是叶俊萍学习按摩针灸以来遇到的第一个瘫痪病人,叶俊萍也很想验证一下自己学的是不是能确实起到作用。肢体运动分上肢运动和下肢运动,上肢运动包括手指屈伸,手指摇转,上翻、下压手腕,手腕摇转,屈肘,肩部上抬、外展、内收;下肢运动主要是足趾、足踝、膝关节和髋关节的弯曲和旋转活动,每次练习每个部位都要进行10~20次的被动活动。一套运动下来,即使是在冬天,叶俊萍额头上也会沁出一层密密的汗珠,每每这个时候,阿姨总是疼爱地说:"歇一会儿吧,萍萍,看把你累的!要不你隔一天给我捏上一会儿就行啦。"

"没事的,阿姨,我不累。"叶俊萍深吸了几口气,甩了甩酸麻的胳膊,理了理垂在脸颊的头发,"看着效果一天比一天更明显了,我就很开心,也就不觉得累了。"

叶俊萍来到孙家做保姆说话间也就两年的时间了,她不间断的按摩活动再加上行走训练已初见成效,阿姨的体重减轻了好多,行动上也方便多了,甚至可以自己扶着墙和家具慢慢挪上一段距离了。孙教授和阿姨心中都满是惊喜和欣慰,叶俊萍也为自己的成就感到无比快乐。

是呀,即使是再平凡不过的人们,无论你从事哪一样工作,只要你能全力以赴,只要你能持之以恒,终究有一天会有成果来回报你曾经洒下的汗水,在那一刻,所有肉体上的劳累都会化为精神上的愉悦。

赵洋和王红雷是如此,姚晓雨和李百灵是如此,叶俊萍又何尝不是如此?还有她亲爱的哥哥嫂嫂和亲爱的昝国良亦是如此。

第三章

7

　　当然,也有人觉得上述论断不尽正确,那就是姚满财。此刻的他正一个人闲坐在工厂值班室的硬板床上,旱烟秆在烟丝袋里挖了一锅又一锅,弄得整个房间里烟气腾腾,烟味呛人。

　　这个冬天姚满财过得紧张,却不踏实。李旭林这小子现在是全身心投入到果品贩运的新行当里,彻底不管这两个厂,完全交给姚满财来打理了。

　　这几年受北边临猗、万荣等地的影响,运城的老百姓也开始种起苹果树、梨树了,经济林如同雨后春笋般"噌噌噌"就冒了出来,而且像洪水一样自北向南漫过泓芝驿、上郭、三路里、上王等乡镇,浩浩荡荡涌向了姚暹渠所在附近的三家庄、陶村、大渠、龙居和金井一带。今年轧花厂和榨油厂的生意明显受到了冲击,本来现在政策放宽、市场搞活,好些私人收购棉花的商贩开始直接开着车走街串巷挨家挨户地收购籽棉了。这对老百姓来说就方便多了,再不用拉着籽棉到轧花厂张张结结地轧成皮棉又排着队到乡镇采购站看着别人的脸色去卖,自己地盘自己就能做主,觉得合适就卖,不合适就"请君自便",反正隔不了多久就会有新的买主上门,不愁卖不出去。在自家门口能把棉花变成现钱,当然就没有再往轧花厂送的必要了。再是这经济林的侵占,大片的粮田棉田都变成了果园,尤其今年冬天,厂子四周的好些田地里,都被农民陆陆续续插上了小树苗,棉花地是越来越少,就连乡镇上的采购站都"门前冷落车马稀"了,私人的加工企业自然也大不如前了。

《周易·系辞下》有句话:"穷则变,变则通,通则久"是说事物发展到了极点,就要发生变化,只有发生变化,才会使事物的发展不受阻塞,事物才能不断地向前进步。

作为大老粗的李旭林,他百分之九十九点九没听过这句话,但是他却深谙这句话所包含的朴素的唯物主义思想,明白事物在时间里的变化是不以人的意志为转移的。

既然你改变不了现实,那你就改变自己。

早在7月底,李旭林就通过广州的张老板在当地水果市场上了解了一下苹果行情。那里的苹果价格基本都在两块五毛钱以上,而运城当地"青苹"(没有完全成熟的苹果)的收购价最贵也就是七八毛,绝对有利可图。李旭林便找上王伟,撺掇他合伙,一起做这宗生意。王伟正巴不得呢,当下一拍即合。李旭林负责联系货车,寻找果源,王伟则请了一个月病假,然后就是软磨硬泡缠着王秉禄尽快贷出了货款。

偏北的上郭乡紧靠万荣县,果林面积大,在那里仅用了一天半的时间就装齐了货,他们中午吃过饭开始出发。运城到广州的路程大约是1800公里,李旭林和货车司机轮流开车,王伟则躺在后面铺上呼呼大睡。

阳历七月,北方是炎热的三伏天,而江南的梅雨却还没有结束,这是李旭林当初没有考虑到的地方。连绵的阴雨让207国道接连出现了好几处塌方险情,来往车辆被迫另寻他路。

梅雨,也有人叫它"霉雨",空气湿度大、气温高,物品最容易发霉,苹果也照样如此,尽管收购的就是"青苹",但一路奔波,难免出现磕碰,一旦出现伤口,在这种环境下很快就会腐烂,一个两个三五个坏了都不要紧,怕的就是它会像瘟疫一样迅速传染四散。

李旭林心底像灼了火,昨晚上一夜没睡好,眼珠上都布满了红丝,但他还是替换了司机自己来开车。清晨的雨明显小了许多,却起雾了,迷迷茫茫地笼罩了周边的山野,能见度太低了,大货车像一条困在泥中的甲虫般慢慢向前蠕动着。

前面的鸡鸣狗叫声预示着不远处应该有人家了,李旭林喘了一口气,眨了眨瞪得酸胀的眼睛,刚想活动一下有些麻木的腿脚,忽地一阵噪乱的"咯咯"声涌了过来,不知何时车前出现了一大堆土黄色的鸡群,他打了个激灵,赶紧使劲踩住刹车。

"吱——嗞——"

随着声音,一个男孩子从大路旁边的院子里跑了出来,冲到货车跟前,俯身拎起了一只母鸡,另一只胳膊大幅度地朝他摇晃起来。

李旭林心中暗暗叫糟,他熄了火,拉起手刹,司机和王伟也都醒了。这时候,从院子里又陆陆续续出来了五六个拿着农具的男人,一个趿拉着塑料拖鞋的胖女人也三步并作两步奔了过来,抢过男孩手中的母鸡,开始呼天抢地、顿足捶胸,号啕大哭起来。

李旭林见此情景,知道不下车是不可能了。他推开驾驶室的门,司机和王伟跟着也都下了车。

女人怀抱着母鸡扑了过来,哇哇哭着,披头散发,甚至还夹杂有几根柴草,满脸的鼻涕泪,嘴里叽里呱啦地哭喊不停。

李旭林一句也听不懂,但他知道这女人是在说她的母鸡被他的汽车给碾死了。李旭林清晰地看到女人怀中的母鸡腿上流的血已经凝固了,爪子也早就挺得僵直,显然不是刚才被碾轧致死的。

昨晚聊天时,司机就说这一带解放前曾经是土匪盘踞的地方,民风彪悍而且很穷。有些村子,村长都带头干这事,报警了也没用,派出所远得还不知道在哪儿呢,就是警察来了,人家也很少管外地车的……

"实在对不起,雾大,没看清路,是我们的错。我们给你赔偿,你说这只鸡给你多少钱?"李旭林对着女人说。

对面一个中年男人举起胳膊,叉开手指晃了一下,又嘟哝了一句。

"五块?"李旭林问,他听不懂那个男人的话。

"五十!"司机低低地说。他经常在外面跑车,好些方言能听懂。

"啥！五十？"王伟大声叫了起来，"这些人想钱想疯了吧？"

李旭林没有吭气，他伸出胳膊拦住想要冲上前的王伟，从裤布袋里掏出一叠钞票，"嚓嚓嚓"数了5张，递给那个男人，"这样可以了吧？"

男人接过钞票，扫了一眼，悉数塞进口袋，然后一摆手，那几个男人全部四散了，女人也不哭了，擦了一把脸，开始大骂起那个男孩来，似乎是在责怪他没有看好鸡群。

男孩怔怔地站在路边，看着男人散去，女人回屋，表情无喜也无悲，他的两只手绞在一起，玩弄着自己脏兮兮的衣角。李旭林看了男孩一下，转身从驾驶室里拿了一个熟得比较好的苹果，塞给男孩，"玩去吧，不然你妈一会儿又出来骂你了。"

男孩的眼中闪过一道惊喜，他飞快地抓住了苹果，放到嘴边闻了闻，却没有吃。他突然扬起头，用不太标准的普通话大声说道："我可以给你们带路！"

这个山村虽然不算很大，但分布零散，道路弯弯曲曲，时宽时窄，在这样一个如同迷宫的地方穿行，没有人引路是决计不行的。司机开着车，男孩坐在李旭林大腿上，大口地嚼着苹果，手里指画着线路。

"你上几年级了？"李旭林摩挲着男孩短短的头发，头发里散发着一股潮潮的汗臭。

"三年级。现在放暑假了。"男孩眼望着前方，"这条路就能通到镇上，我们去学校经常走的，错不了。"

车走了半个多小时，天渐渐亮堂了，山村已远远地甩在了后面。李旭林问了一下前面的路，便计划让男孩下车，这里距山村估计有20多里了，再迟回去就不太方便了。

男孩却拨浪鼓似的摇着头，"再往前面走一截路就好辨认了，要不然你们还得要兜圈子。我没事，分岔口到我们家也就二十多里地，我用不了一个钟头就跑回去了。"

果然分岔口的岔道极多，没有太阳，连方向都没法辨认。男孩给他们指引上一条县级公路，便下车了。走前，他依依不舍地咂巴着嘴，说："苹果真好吃！"

车里其他三个人都笑了。那苹果是装箱时专门挑出来的，因为比起其他"青苹"红度有些大，怕焐在箱里熟烂，他们就专门挑了一箱放在驾驶室里，无聊时打发一下嘴。

李旭林找了一个塑料袋，装满苹果给了男孩，"谢谢你给我们带路啊！"

男孩显然是高兴坏了,仿佛捡了个宝似的紧紧抱在了怀里,车都走远了,他还在兴奋地大声朝他们喊叫:"下次过来我还给你们带路。我叫强崽——"

广州越秀区的流花虽然交通便利,却主要是以服装批发为主,在张老板的建议下,李旭林把货车开到了西北方向的白云区增槎路一带,这里批发水果的摊位比较多,按照以往的情况,这10吨苹果在一天多之内就能被大大小小的零售商所瓜分光。

但是这次却有些奇怪,一晌午都过去了竟然连一箱都没有销售出去。前来看货的人倒不少,见到样品尝尝口味也都啧啧称赞,但都是一声不吭地走开了,再没有了下文。

"他妈来个×,这些南方佬真精死了,光想着占便宜,吃个不要钱的。"王伟把手中的烟头狠狠地摔在地上,一脚把它碾了个粉碎。

"不可能这么简单吧?也许是有其他原因!"李旭林闷闷地说,他眉头皱了松,松了皱,一时间没个好法。心急如焚呀!这样的高温天气,苹果密封了一路,必须要尽快脱手,而且果车回程的货物都已订好了,根本没有多余的时间在这里空耗着。

这是哪里出现问题了呢？

下午6点多，两个操着本地口音的年轻人走上前来开始询问批发价格。

"两块钱！"李旭林伸出两个指头。

"一块一。"其中的一个年轻人说，"我们全要。"

"一块一？"王伟眼睛瞪得像个铜铃，"开玩笑吧？我们运费都要不少钱呢，你叫我们赔死啦！"

李旭林掏出烟盒，一人递过一支烟，"兄弟，一块一我们确实连本钱都挣不回来。你们能全要，咱们价格还可以再商量，但不可能那样低，我们的收购本钱加上运费算下来都要一块好几呢。"

"一块一还是我们老板给你们面子的，你们没有选择的余地。"另一个年轻人摆了一下手，傲慢地挡回了李旭林递过来的香烟，"你们不是在这里已经待了一天啦？不相信你就再待上一天，看看还能有第二家过来问你的苹果吗？"

"所以就是一块一的价，没得商量。"第一个年轻人又说，"你好好再想一想。嫌天气热，可以放到我们老板的冷库里，也就只有这一家，你没得选择。"

"你们好好商量商量，天黑了我们还会再来。"两个人丢下一句话，扬长而去。

一看这架势,李旭林就知道是怎么回事了,他立马打发王伟去越秀区找张老板商量对策。不到一个小时,张老板随着王伟匆匆地赶来了。他把李旭林拉到一个角落,说了一下他打听到的情况。

原来这是一个叫田老二的人在这里欺行霸市,他手下有一二十号人,凡是到这里来的外地客商,如果不经过他的同意,果品根本进入不了市场,没有哪一个商贩敢私下过来和外来客商进行交易。

张老板说:"李老弟,这事你不用操心,这个人我还算熟识,交给我来处理好了。"

李旭林说:"张哥,我在这里不是待一时半会,我要来的次数多着呢,不能事事都麻烦你。这样,你安排个地方,出面邀请这个田老二让我见上一面,咱们坐在一起把这个事情好好商量一下,一切花费包在我身上,张哥你负责把这条线牵好就行。我就不信我们运城的好苹果进不了这个市场。"

"饭局"一词,据说是宋朝人发明的,算算距今已有一千多年的历史。宋朝人把"饭"与"局"连成一体,玄妙尽显。对于朋友来讲,饭局是个增进情谊的场合,对于商人来说,饭局则是个交换利益的平台。

饭局,向来在中国人的社交中占据着重要位置,一圈人有机会团坐席间，要办的事先不说，先喝、先吃，这样就显得没有了陌生感。在推杯换盏之间，各方的意图也随之交流、交换，正儿八经场合无法办成的事情在酒酣耳热之际往往会轻松搞定。

田老二典型的南方人长相，脸形消瘦，颧骨突出，眼眶深陷，眉毛往中间下斜，身材瘦小，皮肤较黑，但是酒量极大，连一贯能喝酒的李旭林都暗自惊奇。

"能喝酒就好办。"李旭林心中嘿嘿笑，"咱就拿酒当敲门砖。"

有张老板从中斡旋，这个田老二终于答应明天一大早苹果可以进入市场，但有一个条件，以后再拉过来的果品，必须要先告知他，给他一定的提成后，才能进入市场销售。

强制提成，李旭林提前倒是有心理准备，但没料到田老二狮子大开口，一斤就要提成5毛钱。李旭林一听就火了，说啥也不同意，这几天他本来就憋了好多气，今晚酒又喝了不少，当下气憋胸口、酒涌心头，饭桌上的气氛登时有些尴尬。

张老板见状立马借故上厕所把李旭林和王伟叫了出来，趁李旭林真去上厕所的当儿，他从随身带的包里掏出两袋和上次在卡拉OK厅里一样的白色粉末递给王伟。

"你把这个拿过去先和他们再聊上一会儿,缓和一下氛围。旭林喝多了,我先安排他休息,随后就过来。"

七八分钟后,张老板回到了就餐的包间里,这时候王伟已招呼大伙开始分享起他所给的美味来。张老板一屁股坐到田老二的跟前,又掏出两包粉末堆放在桌上,说:"我那兄弟酒量不错,但还是比你要差些,他有些高了,我就安排他休息了,咱哥俩继续。这是今天刚从那边拿过来的货,你尝尝,看看品味咋样。"

田老二伸手抓过一袋,打开来,用小指指甲挑起一点粉末凑到眼前,细细端详了一会儿,呵呵笑道:"成色不错!老弟你在这方面有一手。"猛一低头,用鼻子将那些粉末全部吸个精光。

天还没有大亮,李旭林就醒了,虽然昨晚多喝了点酒,但他还是睡得不踏实。他拉起窗帘,打开窗户,让新鲜的空气吹进房间,昏涨的脑袋登时感觉清爽了许多。旁边的王伟依然是呼噜打得山响,而且很富节奏感,像大海的波涛一样,一声比一声响,一浪比一浪高。

李旭林推推他,"伟伟,天都亮了,到起的时候啦"。王伟翻了个身,嘴里咕哝道:"没事,不用早起,昨晚上一切都搞定啦。"又呼呼睡了。

原来昨晚张老板和田老二再次商议后,提成由5毛钱降成了2毛5,但是必须租用一个摊位,其实就是个头顶有顶棚能停车的地方,每月1000块钱。不过,这个田老二也发了点善心,就是免费给李旭林他们提供榨汁机器,以及沙拉柜保鲜工作台,这样就可以处理一些过熟的水果,减少浪费。当然,电费是必须要交的,比普通用电贵一倍。

田老二松了口,整车苹果在当天就销售一光,毕竟运城苹果的质量还是不错的。李旭林算了算,除去收购的本钱和各种大大小小的开支,基本上没落下啥钱,但李旭林还是感到心满意足了。第一次,就是摸着石头过河,一路上,绕弯路、逢意外、遇刁难……总算都还一一化解了,虽然没有挣下钱,但却挣下了经验和教训,而且看到了运城苹果在当地市场上的广阔前景。这一趟,真的不算白跑!

第三章

8

李旭林确实是一个想干就能干、想变就敢变的人,"识时务者为俊杰。"这句名言姚满财也很清楚,他很佩服李旭林想干就干的魄力,也很赞赏李旭林想变就变的勇气,但他却感慨自己无法有这样的魄力和勇气。

和李旭林合伙投资建厂也快三年了,第一年么好的年景却偏偏摊上个叶运平工伤事件,2万6000多块钱就眼睁睁地看着没了。好不容易挨过了这关,这周边的竞争对手却如姚遑渠上的地地蔓一般,不知不觉间就已是遍地开花了,而地里的棉花苗却是朝着相反的方向发展,日渐稀少了。

姚满财他不敢变。

经营了这么几年,几万块钱的贷款倒是还清了,可是也没有挣下多少钱。当然李旭林还是够义气、讲信用的,分红时从来都是礼让着他,但是农民经营品种的改变势不可挡,棉花种植是越来越少,加工的价格自然不敢抬升,但工人工资还有其他日常开销却是随行就市一路上涨。刚开始管理厂子毕竟是给李旭林打工,许多环节并不清楚,现在成了半个主人,才体会到这老板也不是好当的,真应了那句老话,"不当家不知柴米贵"。

姚满财本来还计划通过女儿来打听一下亲家王秉禄的近况,想问问农行近期有没有扶贫贴息贷款,但姚晓云这段时间却不像以往那样时不时就回娘家了,这不,快两个月了都没回来过一次,也不知是因为天气冷还是上班忙。姚满财还说抽个空去学校看看女儿,但张张结结,不知忙些啥一天就过去了,这眼看着进了腊月过了元旦了,还是没能抽出工夫去学校一趟。

其实这段时间姚晓云并不忙。快期末考试了,学生们要背、要记、要写、要练,老师只要坐在教室里督促着就行了,可是她却觉得异常的疲惫。

愁肠百结让她心累!

从夏天开始起,只要她一回去,婆婆有事没事就会到她房间里,短话长说,没话找话,眼珠子就是不离她的身子,看看肚子,看看腰,一直问她想吃啥,喜欢吃酸的了吗?

傻子都知道她心里想的是啥。这个家庭主妇,整天麻将也打得腻了,急得想要个大胖孙子抱抱。

不过话说回来,姚晓云也能理解她的心情。老两口就王伟这么一个宝贝儿子,独苗单传,急切想添丁增口,传宗接代也可以说是正常的。

"趁咱们还不老,还能干,替他们看着娃,他们想干啥就干啥,啥心不用操,轻松自在,还不是为他们好?"好几次,姚晓云在房间里都听见婆婆坐在门前台阶上,和邻居的姨姨婶婶们聊这些,嗓门挺大,似乎就是专门让她听的。

但这能怨她吗?生孩子又不是她一个人的事情。

刚结婚的那几个月,王伟是天天黏着她,都不好好上班,常常是半下午就从厂里回来了,吃了晚饭,不出去逛,也不看电视,就一件事——睡觉。

但那时姚晓云并不想怀孕,当时的她心中还有好些未曾完全破灭的幻想,她不想早早地被孩子、被家庭所束缚,她还想为自己的未来做一个小小的挣扎,所以每次她都尽可能采取措施,小心翼翼地保护好自己,能在学校不回去她就不回去,能回娘家住她就尽量回娘家住。

转眼间,一年多就过去了。不光是婆婆心急火燎,就连公公王秉禄也有些坐不住了,当然他顾忌身份哪好意思催问姚晓云,儿子呢,整天跑得根本和他打不了几个照面,就只好由老婆出马,各种明示暗示,多管齐下。

这时候的姚晓云对前途已有些心灰意冷了,尤其是去年的高考后。赵洋考上大学了。在考试前,她是那样虔诚地祈祷,希望他能顺顺利利地考上大学。在姚遛渠上,当妹妹亲口告诉她赵洋高考分数达线时,她是那样的欣喜若狂,可是,欣喜若狂的一刹那,她的心中也闪过一丝隐隐的痛。姚晓云知道,她心中的所有幻想都彻底地破灭了,从今后,她和赵洋,将是两条道上的人,分道扬镳,各奔前程,不会再有任何的交点。

而对于王家,姚晓云觉得是该履行一下义务了。虽然她对王家每个人从来都没有什么好感,但她承认王家人对她还是不错的,在最困难的时候救了父亲的急,给自己找了一个对于农村女孩子来讲应该很体面的教师工作,平时在家里也基本不用操啥心,比在娘家时轻松多了。可是,可是她总觉得有一种莫名的缺憾,让她体会不到新婚的甜蜜和幸福。

现在,她终于找见了这种缺憾的根源,找见的这一刻,也正是它土崩瓦解的时候,它将由缺憾演变成无可挽回的遗憾。但不管怎样,前面的路还要继续走。当太阳再次出现在东方的时候,你还得必须睁开眼,去面对新的一天。

既然婆婆公公都着急地想抱孙子,那就给他们生一个吧!就在姚晓云想尽快了结这份心愿的时候,她发现,事情并不像她想的那么简单。

两三个月的新婚佳期过后,王伟又恢复了吊儿郎当的本性,不像刚开始那样格外地黏床了,哥们儿一勾叫,便又是出去打麻将、喝酒了,半夜回来也想撩逗姚晓云,但姚晓云那时睡得正香,根本不想理他。王伟讨个没趣,又是醉酒醺醺,便倒头呼呼睡了。

渐渐地,姚晓云感觉到王伟有好些奇怪的地方,以前她并不在意身边这个同床共枕的公子哥们儿,但是时间一长她还是能觉察出他好些不可思议的行为:经常打呵欠,好像永远没有睡够的样子,上班的时候磨磨蹭蹭像小孩一样总是不肯起床,姚晓云去学校也不让他捎了,自己骑车去;碰上休息日,十点、十一点钟都还赖在被窝里,甚至到了中午或下午才勉强起来;饭量也没有以前好了,往往是只吃上几口,筷子一扔就又去睡觉了;身上时不时散着一股奇怪的味道,好像是喝了中药一样。吓得他老妈还以为自己儿子得了啥病了,又是摸额头,又是测心跳,弄得王伟心烦,摆摆手说没事儿,就是嫌自己胖,吃饭控制饭量,喝点减肥茶。

王秉禄老婆便不再敢说什么了,转过头来又拐着弯说起姚晓云来,晚上注意着点,不要折腾得太厉害了,爸妈想抱孙子是一方面,但身体也要注意。

姚晓云面红耳赤,却又不好辩解。

其实这几个月以来,王伟早不像刚开始那样时时刻刻黏她了,晚上逛到三更半夜回来得迟不说,还经常偷偷起床去厕所一蹲就是老半天,神里鬼气的。他不说干啥,姚晓云也懒得问。

可老是这样也不是办法呀。婆婆一边是心疼她儿子,一边又时不时在姚晓云这边敲着催生的小鼓。再说了,结婚这么长时间了,回到娘家母亲和奶奶有时候也会提及这方面的事。唉,姚晓云真的不知道该怎么回答是好,她能说王伟最近不像以前那样黏她了?那她们肯定会追问是不是自己这方面出了啥问题,自己哪块做得不好了……婆婆妈妈一大堆,没完没了的。但要她主动向王伟示爱,姚晓云觉得自己还是做不到,尤其王伟半夜回来,常常是酒气熏天,就连蹲厕所回来,身上也有一股怪怪的味道,那两种气味都不好闻,让她恶心,想吐。

确实是恶心,想吐,一大早起来刷牙时,姚晓云突然一阵反胃,她赶紧跑到宿舍前面的冬青树下,蹲在地上干呕了一阵,外面清冽的空气吸进胸腔,略感舒服了一些。

棉门帘响了一下,旁边三年级数学李老师出来倒洗脸水了。

"呀,云云,你怎么啦?"李老师放下脸盆,小跑了过来。

"没事,小毛病,刚起来有些恶心。"姚晓云站起身,"现在好些了。"

"哦,这样呀!"年近半百的李老师已是当奶奶的人了,这点经验还是有的,她呵呵笑着说,"你这哪是病?傻孩子,你有喜啦。今天请个假让王伟陪你到医院检查一下,以后营养要加上了。对了,你家王伟呢,这几天咋个人影也不见了?"

"哦,他前几天又去广州了。"姚晓云说,心中泛过一丝茫然,说不清是喜还是忧,她又不放心地追问了一句,"李老师,你说我真的是怀孕了?"

"肯定是没问题。"李老师看了看姚晓云的舌头,又摸了摸她的额头,"我的媳妇、女儿都是我操心的,现在三个娃,老幺的都四五岁了,我这眼神应该是出不了差的。"

第三章

9

怀孕了,真的怀孕了,而且已经3个多月了!这段时间心一直操在学生们的身上,不知从什么时候起,自己的经期开始变得紊乱没规律了,竟然一点都没有觉察到。但不管怎样,毕竟是怀上了,这是姚晓云近来一直期望的结果。可是,当这个结果真正变成现实的时候,姚晓云却是满腹莫名的惆怅。怀孕了,不管是男娃还是女娃,都可以给王家一个交代了,也终于可以给父母一个交代了,让他们在别人尤其是在亲家面前说话办事时不再底气不足了。可是对于自己呢,再过上一段时间肯定是不能在这个如今唯一能给她带来快乐的学校里待了,还有,如果是女娃会不会长得像她呢?如果是男娃……唉，反正绝对不会像那个高高大大、结结实实的……他。

姐姐姚晓云坐在西王学校的单身宿舍里，若失若得，怅然满腹，而妹妹姚晓雨也是斜坐在自己大学宿舍的窗前，许久一动不动，不是怔怔地发愣，而是在静静地思考。

处在人生的这个阶段，谁没有一怀满满的心事呢？

前几天，也就是12月24日，一个星期天的下午，姚晓雨坐在空荡荡的教室里，给好朋友李百灵写着信，告诉她自己元旦计划去她们学校玩，完了又给姐姐和家里各写了一封信，然后下了教学楼，到校门口的收发室把信投了。时间尚早，她便决定再返回教室一个人看上一会儿书。刚到教学楼的拐角，身后传来一句洪亮的男声：

"嗨，姚晓雨！"

不用回头，姚晓雨听声音就知道这是自己班的班长、系学生会副主席刘扬，但她还是停下脚步转过了身，看见这个眉清目秀的男生抱着一个盒子正朝她快步走来。

"我想，你是要去教室吧？"刘扬给了她一个微笑，问道。

"嗯!"

"那太好了!"刘扬右手托着盒子,左手把放在盒子上的一个更小的长方形盒子递给她,"我也正好要去教室,帮我拿一下这个吧。"

这个小盒子很精致,饰以一个黄色的缎带结。刘扬是一个热情活泼的男生,很得系里的老师们喜爱,算是大一学生中的"名人"。姚晓雨平日里并没有和他有过太多的交往,但是她也不讨厌他。小盒子看起来应该颇为珍贵的,姚晓雨小心地接了过去,不太重。

两人走进教学楼,偌大的教学楼仍然是空荡荡的。刘扬没说这些东西是啥,自己要干什么,姚晓雨也没有问,她没有这种习惯。

到了教室,姚晓雨把小盒子轻轻放在讲桌上,从自己的座位上取了一本书,说:"你要在这里工作,那我就先走了。"

"哎,别!"刘扬放下手中的大盒子,急忙叫住她。他的脸上露出一股神秘的笑容,"晓雨,你等下。我在这里要搞个重要的仪式,必须有你在场才行。麻烦你配合我一下!"

姚晓雨按照刘扬的安排,背过身去面朝黑板,闭上了眼睛,心里默默地念着数,刘扬说30秒后他会让她看到一个美丽的画面。

一股淡淡的香味弥漫开来,香味中似乎还有微微的光热。时间到了,姚晓雨睁开眼,转过了身。

那个大盒子打开了,一个精致的蛋糕凸现在桌子上,一圈小火苗正在红红的生日蜡烛上跳动摇曳,刘扬双手捧着一束圣诞百合,那上面裹着白色的绢纱,系着细细的黄色缎带。他看着她,双眼含笑,轻轻地说:"晓雨,生日快乐!"

姚晓雨白皙的脸庞登时粉霞满面,她有些惊奇地说:"今天不是我的生日呀!你搞错了吧?"

"没有错的。"刘扬紧紧地盯着她,坚定地说,"我专门看过你的档案,你比咱们班其他人都要小,1973年12月24日出生,过了今天你就满16周岁迈向17岁了。12月24日确实是个不寻常的日子!你看,紧接着就是西方世界的精神领袖耶稣的生日,尤为重要的是,再接下来就是我们伟大领袖毛主席的诞辰。有这两个大人物的陪伴,再加上我这小小的祝福,你,是不是应该心中非常的快乐,感觉到幸福无限?"

"你怎么能看到我的档案呢?还记得这么清楚?"

"我是系学生会副主席呀,系里有好些学生信息资料整理工作都要由我来完成呀。至于为啥记得那么清楚，实在是不好意思，咱这脑子就是这样，当然主要还是你的生日比较特殊，让人一看就忘不了啦！"刘扬嘴角绽放出一丝顽皮的笑意。

"哎，真是服气你们这些学生会干部，以权谋私。"姚晓雨叹了一口气，嗔怨中带有一丝甜蜜。毕竟长这么大了，还是头一次有人为她过生日，这么漂亮的蛋糕，这么美丽的鲜花，这么一个富有浪漫情调的场合，而且送祝福的还是这么一个身后不乏女生追随的优秀男孩子，她的心中难免会荡过一丝甜甜的涟漪。

可是，她最终还是说："谢谢你，刘扬！不过，我还是想真诚地告诉你，今天确实不是我的生日。我们那里的农村，生日都是按照阴历计算的，但是派出所登记户口的时候，却都当成阳历来填写了。我的生日实际上是阴历十二月二十四日，也就是腊月二十四，那时候已经快过年了。"

"咳，原来是这样。不过这也没啥，权当你提前过生日呗。生日可以提前过，对吧？"刘扬看了一眼蛋糕，细细的红蜡烛已燃去了近一半，他用央求的口气说，"你看，蜡烛都点燃一半了，你赶紧许愿吧，要不就来不及了！"

"不是我的生日，许下愿也不灵验呀！"姚晓雨顿了顿说,"这样吧,我从蛋糕上切上一小块,算是你送给我的新年祝福,等放寒假我从家里给你带些我们运城的特产,剩下的蛋糕还有鲜花你就带走吧,因为今天真的不是我的生日。不过,我还是要谢谢你,长这么大,你是第一个送给我蛋糕吃的人。"

"是吗?那真是太幸运了!"刘扬笑着说,虽然有些悻悻然,但还是很潇洒地收拾起蛋糕和鲜花。两人带上教室门,相伴而行,一起出了教学楼。

刚踏上马路,一辆装着小发动机的三轮车"嘟嘟嘟"地开了过来,刘扬赶紧拉着姚晓雨让开路。三轮车越开越近,姚晓雨一眼看出开车的人正是自家隔壁的昝国良。

"国良哥!"

昝国良显然是吃了一惊,他急忙刹住车,怔了许久才认出眼前这个秀发披肩、亭亭玉立的女大学生。

"啊,小雨呀!你在这里上大学了?"他搓了搓手,嘿嘿地笑了,"'女大十八变',好几年没见,你是越来越漂亮了,我都不敢认你了。"

昝国良是来给学校餐厅里送饼子的,两人聊了一会儿,昝国良还问了问姚晓云的情况。末了,他从箱子里取出几个热乎乎还冒着气的油酥饼,找个塑料袋装了,塞给姚晓雨,"尝尝哥打的饼子,看看好吃不,爱吃了出了校门右拐直走1000米就是咱们的店铺,随时过来吃。"

姚晓雨没有推辞,她双手接了过来,深深地吸了一下鼻子,"真香!"说着随手取了一个递给刘扬,"尝尝我们运城的油酥饼,保证让你吃一次就忘不了。"

"光是闻着味道就感觉不错!"刘扬笑嘻嘻地接过,不客气地就咬了一大口。昝国良看着他,问姚晓雨,"这是你男朋友吧?"

刘扬正要回答,却被酥得掉渣的饼子噎住了,姚晓雨说,"你慢点,没人和你抢。"扭头对昝国良说,"不是,我们就是同学关系,他是我们的班长,叫刘扬。"又对着刘扬说,"这是我家隔壁的国良哥,我们两家关系可好呢!"

刘扬咽下了那一口饼子,点点头赞道:"不错,油酥饼油酥饼,不只是酥,还满口香。"对昝国良说,"你是给学校餐厅送的吧?我爸是后勤处的处长,我可以让他给你多联系上几个窗口。"

昝国良赶紧说了声"谢谢",朝姚晓雨感激地笑了笑,启动车子,挥挥手作别两人,急急向餐厅方向驰去。

第三章

10

每一个季节都有自己的特色。春天的早晨是百花争艳的,夏天的早晨是生机勃勃的,秋天的早晨是令人清醒的,而冬天的早晨是极冷却又热闹的。

元旦这天天气格外晴朗,一大早甚是干冷,窗外的玻璃上都结满了冰花,但勤快的鸟儿却已在光秃秃的枝丫上叽叽喳喳了,又大又圆的太阳也露出了笑脸,气温应该很快就能回升了。

吃过早饭,姚晓雨搭上前往咸阳的公共汽车,到陕西中医学院去找李百灵。李百灵早就在学校门口等着她了,姚晓雨一下车,李百灵就把她拉上了去西安市区的公共汽车,不待姚晓雨张口问原因,李百灵就说道:

"咱们去找王红雷,我早就给他说了今天咱俩要去他那里。"

到了西北大学,还不到10点钟,男生宿舍里还有人赖在被窝里没起床,王红雷便只好带着两个姑娘在校园里转悠。冬季的西大校园虽然有些萧条,但暖暖的阳光照在身上,偶尔有清风吹过也甚是舒爽。三人随心漫步,到了图书馆附近实际寺遗址纪念亭,王红雷便侃侃而谈,说起历史上中日交往的故事来。李百灵撇撇嘴说:"你们文科类院校的陈典古经就是多。"王红雷嘿嘿笑:"每年新生一到校,就有无数'热心'的师兄师姐给新生们点评校园内的各处名胜,你们对这些可能不感兴趣,可赵洋就爱听这些,上次我们在这里逛了一晌午呢。"

"赵洋也在西安上学吗?"一直默不作声的姚晓雨突然插嘴问道。

"是呀,他在陕西财经学院,大雁塔附近,离这里也不是很远。咱们也可以去他那里逛逛。"

于是三人出了校园,坐上公共汽车去陕西财经学院找赵洋了。赵洋才洗完衣服,又把被褥晾到操场的双杠上,太阳这么红,到下午肯定能晒得蓬松松热乎乎的。见到王红雷等三人,赵洋既意外又高兴,特别是姚晓雨竟然也来了,让他心中有一种说不出的欣喜。大学生姚晓雨愈加靓丽,虽然她的穿着打扮并不比李百灵强,甚至衣着可以说还不如李百灵的质量好,但她全身上下散发的光彩气质让赵洋莫名其妙地竟然有些紧张,心"嗵嗵"地乱跳了一阵。

和王红雷一样,赵洋的宿舍里也有几个人还在赖床,可能是昨晚熬通宵了,所以宿舍里也不方便待,而相比较文物众多的西北大学,陕西财经学院校园里能游览的景致就更少些了,赵洋便建议大家去大雁塔游玩。大雁塔跟前的广场平广开阔,每天人都很多,尤其到了节假日,熙熙攘攘,川流不息,热闹得很。

也许是天气寒冷,人们出门活动晚了些,11点多了,晨练的人们还没有散去。一些老人聚在一起慢悠悠地打着太极,不少中年妇女在集体跳着一种舞蹈,还有好些胖乎乎穿得像个圆球的小孩子挣脱了父母呵护的双手,在灿烂的阳光下迈着小腿蹒跚学步。

大雁塔是唐僧玄奘翻译和保存从古印度经丝绸之路带回长安的经卷的地方,而《西游记》作为四大名著之一,无疑在这四个大学生心目中有着崇高的地位,能这么近距离地接触这个被作为神话传颂的人物和典故,自然令这些来自农村的年轻人有一种抑制不住的兴奋。

一看见四四方方高耸入云的塔身,李百灵就像只百灵鸟一样对着王红雷叽叽喳喳了。赵洋所在的陕西财经学院虽然距此不远,但他也是第一次来,他对这儿不熟悉,姚晓雨也和他一样,只是静静地张望,默不作声。

"嗨,赵洋!"

一个女孩的声音在前侧方响起,抬头看时,沈曼娜身着一款大红长身的紧身羽绒服,脚穿一双黑色的粗跟皮靴,站在四五米远的地方,笑意盈盈,冲着他们摆着手。

大红色的羽绒服本来就很炫目,何况沈曼娜身上穿的应该是今年刚出的新款,亮丽夺目的外表,驼色的小毛领,精致的宽腰带,整个曲线苗条而可爱。在四个人的印象中,羽绒服在运城的农村也流行好几年了,但面料档次和加工水平都不高,款式也比较单调,颜色黑灰居多,外观臃肿,好些人都叫它面包服,但就是这,也不是人人都能穿得起的。沈曼娜的这款显然更高出好些档次,大城市的姑娘就是不一样。

姚晓雨、李百灵和王红雷的目光一下子都聚集在赵洋的身上。王红雷甚至夸张地吐了下舌头,弄得赵洋登时有些不好意思,脸都红了,他冲着沈曼娜招了一下手,低声对三人说:"我们学校的,好像家就住在这里。"

沈曼娜踩着小碎步走了过来,俏丽地挺在赵洋面前,笑着说:"老同学来看望你啦?我就说我请了好几次你都不肯赏脸,怎么今天好好地想起来大雁塔玩了。"

赵洋点点头,向她介绍了姚晓雨、李百灵和王红雷,又对三人说:"这位是沈曼娜同学,陕财金融系的才女。"

沈曼娜白了他一眼,娇嗔道:"在你老同学面前还不忘损我!"扭头面向三人却大大方方地伸出手,与姚、李、王一一相握,言笑晏晏:"欢迎欢迎!运城不愧是中华文明发祥之地,出来的女生气质典雅,男生气宇轩昂,钟灵毓秀,人杰地灵呀!"

赵洋哈哈笑了:"你看你出口成章,我哪敢损你?"

沈曼娜秀发一甩,调皮地说:"还不是得益于你的赐教?"顿了一下,又说,"对了,这个机会可真是难得。这下该让我兑现我的承诺了吧?"

"什么承诺?"赵洋有些迷茫,一头雾水。

"就是最初我欠你的那顿饭呀!你总是推三推四的,编出各种理由到现在都不给我了结心愿的机会,让我一直耿耿于怀。"

赵洋摊了一下双手,"今天也不是很合适吧?你看我们四个人呢,要不咱们一起去吃饭,我请客,这件事就算了结了,好吗?"

沈曼娜一嘟嘴，"那怎么能行？在这里我好歹还算个主人吧，还能让你请客？再说了，你们要是真的第一次来，还是最好听我的安排，我知道这里哪家饭店最好，不贵还好吃。就听我安排，好么？"说着抓起赵洋的手晃了起来，"你们运城不是最崇敬关公的义气吗，这么长时间了，你总不能一直让我做个不义之人吧？再说你的朋友不就是我的朋友吗，今天天气这么好，又认识了新朋友，还能了结咱俩的旧账，你说我请客有啥不应该的，嗯？"

赵洋只得举手示降，"你太厉害了，你说得都对！好吧，就听你的吧。"转身向三人抛了个无奈的眼神，李百灵右手捂着嘴直想笑，王红雷则是抬头望天、一脸坏笑，只有姚晓雨咬着下唇，静立在原地，依旧默不作声。

第三章

11

尽管并不像传说中的"象牙塔"那么清纯浪漫,但相比学习紧张的高中,大学生活还是丰富多彩的,就如他们跳跃变化的思维。年轻人的世界从来都是日新月异的,而在他们父辈兄辈耕作的广阔田野上,繁衍种植了几千年的庄稼也悄然而大规模地发生着变化。曾经作为国家有名的冬小麦商品粮基地的运城地区,如今的小麦种植面积却是在不断地大范围减少。这眼看着已到了5月见底,布谷声声催熟的时节了,火辣辣的太阳照射下的田地里,却很少看到以往热火朝天的麦收场景,映入眼帘的多是成块连片的棉田,更多的则是枝叶茂密、果实累累的经济林。

此时热火朝天的场面在王家,金井乡农行营业部主任王秉禄的院子里。

王家就在乡最宽阔的南北大街上,临街的三间门面房都出租给了商户,大门则在旁边的巷里,坐北面南,高高的门楼上悬着两个红红的大灯笼,大红的铁门敞开着,一边一个斗大的烫金喜字,两侧的门沿上则张贴着长长的对联,红底金字:

凤愿得偿,福地欣喜降麒麟;

伦常有续,阖门欢庆获宁馨。

横批是:盈月颂贺

王家的儿媳妇生了个大胖小子,这对三代单传的王家绝对是件大喜事呀!王秉禄自然要张灯结彩,设宴待客了。

运城地区是中华民族的发祥之地,农耕历史源远流长,作为主要劳动力的男子千百年来一直颇受重视,生子添丁历来是人们生活中值得庆贺的喜事之一,十天、半月、二十天、满月都是重要的日子。当然,设满月宴的还是居多。

宴席从前一天晌午就开始摆了,院内成双结对5排10张桌,巷里一字长蛇20张桌,红帐罩顶,彩带萦绕,每张桌子上都放着一个拼盘,散放的香烟随便抽,瓜子糖果随便吃。房里、院里、巷里,或卧、或坐、或站,男的、女的、老的、少的,到处都是人,小孩打闹嬉戏,大人聊天谝闲。

当然,也有些人忙忙碌碌,张结得手脚不停,这其中就包括姚满财。其实姚满财大可不必忙碌,因为他今天身份不一样,他是孩子的姥爷,也算个重要的角色呀。但是像他这种人是闲不住的,操心惯了,前几天就把老婆高淑梅打发过来了,陪着女儿一起照护孩子,毕竟对姚晓云来讲,母亲比婆婆更方便相处些。

姚满财昨天也过来了,这一段时间厂里处于停歇状态,留个老张头和大黑狗看守就行了。外孙满月可是件大事,姥爷姥姥提前备好小孩衣帽裤袜8套不说,高高的"枣山"馍和长命项圈更是必不可少的。蒸花馍这一套技术老母亲还是比较在行,尽管已是老眼昏花,但在小外重孙的大事上,老人家还是精神饱满的,姚满财在一旁打着下手,帮着小忙。前一天晚上开始和面发酵,早上又起了个大早,姚满财一遍遍地揉面,老母亲捏形、剪花,一把木梳子、一把小剪刀,一个碟子,半碟黑豆半碟花椒粒,还有一大盆煮好的红枣,两个人忙活到下午2点,终于蒸出了三层高的"枣山"馍和足有2斤多的长命项圈。天热气温高,面粉发酵得好,"枣山"、项圈都是白白圆圆、光洁如玉,上面的各种面塑经过彩色的颜料点描后,活灵活现、栩栩如生。

老母亲年纪大了,行动不便,就是再想见小外重孙也是心有余而力不足,只好待在家里等孙女回娘家时再说。姚满财安置老母亲吃完饭上炕休息后,推出自行车,从屋里搬出早就擦拭干净一新的深红色花梨木食撅盒,铺上一层干笼布,把晾凉了的"枣山"、项圈小心地放进去,再覆上一层干笼布,然后盖上盒盖,堆放到自行车后座上,为了减震,后座上提前绑了一片棉褥子。姚满财花费了足足一刻钟的时间,用尼龙绳把食撅盒牢牢实实地与自行车后座捆成一体,然后锁上大门,骑着自行车载着食撅盒直奔女儿姚晓云家。

12点整,鞭炮响过,锣鼓敲过,午饭便正式开始了。王秉禄左手拿着一瓶杏花村,右手捏着一个瓷酒杯,他老婆双手端着大红色的洋瓷盘子,上面放了8个瓷酒杯,一个桌子一个桌子挨着敬酒。按风俗,孙辈的满月酒还是要由爷爷奶奶操办的,夫妻俩当然就是这场宴席的主角。两个人都被安排戴着高高的纸做的"冕旒"和"凤冠",脸上被精心涂抹得五颜六色。王秉禄一张胖脸更是喜气洋洋,两颗大金牙乐得直往外翘,嘴巴都拢不住,每到一席前,右胳膊一下就戳到了桌子中间,杯里的

酒四处晃荡,满座的宾客也和他相互应和着:

"吃好!喝好!干了!"

"喝!喝!……"

院里、巷里是人声鼎沸、欢语喧天,房里的姚晓云却有些心烦。终于了结了一番心事,她觉得自己轻松了不少,小生命的诞生带给她好些亲情和欣喜,但随之俱来的也有好些烦恼:小家伙特别爱哭,常常哭得没完没了。母亲说她小时候挺乖的,基本就不哭,婆婆也说王伟小时候调皮是调皮,但也不咋哭,这孩子不知是遗传了谁的基因。公公婆婆这几天为操办满月宴忙来忙去,要不是母亲在这里日夜陪护,她一个人根本照看不了孩子。王伟这个公子哥儿,啥心都不操,下班回到家,不是蒙头睡觉,就是一溜烟逛出去,不到半夜见不到人影。

昨天晚上公公请的电影队在家门口放了两个片子,吵吵闹闹的到半夜才结束,搅得姚晓云、孩子以及母亲都没有休息好。这不刚刚好不容易才把孩子哄睡着了,门前噼里啪啦的鞭炮声和咚咚镗镗的锣鼓声却把孩子惊醒了,又是一阵撕心裂肺的啼哭。她赶紧把孩子抱到怀里,一边呵哄,一边撩起衣服喂奶,刚满月的宝宝可能是被惊扰了好梦,哭喊着根本不配合她,小手推搡着饱满的乳房,两只脚儿一阵乱踢,白色的乳汁随着哭声不断从孩子嘴里溢出,险些呛了孩子。母亲赶紧放下孩子刚换下正要清洗的衣裤,起身把门窗关紧,窗帘拉严,扯下一片卫生纸给孩子擦拭。

屋外热闹盈天,室内却暗寂如夜,一墙之隔,却仿佛是两个世界。姚晓云和母亲连大气都不敢出,静静地耐心哄着孩子渐渐入睡,她觉得心中憋闷得厉害。

她一点都不想在这里待下去了,她想回娘家去,在自己熟悉的环境里清清静静地生活。

第四章

1

芒种节气一过,气温进一步升高了,正午太阳高度角逐渐接近了一年中的最大值,一阵阵的蝉声也在浓密的树叶间弥漫开来,甚至在庄稼的枝干上都可以发现它,无处不在的知了们昼夜不停地嘶喊着:"热!热!热!"是呀,确实热,毕竟,真正的夏天来到了!

夏天到了,赵海的西瓜也是时候上市了。

虽然现在村里好多人把棉田变成了果林,但赵海却没有跟从。弟弟赵洋考上大学户口转走了,腾出的三亩地没等生产队收回他就申请承包了,反正好些人外出打工闲地多着呢,承包费又不贵,随便种个啥都够本了。

赵海决定种西瓜。去年夏天他去永济虞乡农场贩西瓜到运城卖,虽然起早贪黑辛苦了些,但两个月下来,还是落了些钱。运城市区这几年发展迅速,不断扩大,人口越来越多,消费量也是越来越大,如果能就近种西瓜,销售肯定不成问题。龙居镇距离运城不过20里路,乡镇公路非常便利,手扶拖拉机40分钟左右就能开到运城。

想干就干,赵海和媳妇王燕商量了一个晚上,终于定板。"清明前后,种瓜点豆",但为了预防乍暖还寒的霜冻,赵海特地推迟了十来天,姚暹渠边上他家有5亩地,赵海决定全部种西瓜。

西瓜好吃,解暑下火,但种西瓜的确是一件麻烦细琐的事情,单是在地块的选择上就要下一番功夫:土质要疏松、透气性要好,排水要方便,而且要尽量靠近大路,便于运输,西瓜成熟时节需要看护,所以还不能太分散。赵海家有四五块地,就是这块还比较符合要求。再说既然折腾一回了,种得太少了也划不来,这块地5亩大,平平整整,旁边就有口生产队的深井,浇起来也便利。

地选好了,然后就是施肥,"兵马未动,粮草先行"。基肥是西瓜丰产的基础,基肥不足会令西瓜炭疽病加重、产量低、品质差,而最好的基肥就是农家肥。前几年,生产队的牲畜分到各家各户,牛马骡驴粪多得很,大街小巷里时不时三五成堆。那时候家家户户养猪的也多,隔三差五猪圈就要出粪,好多人家门前的树坑边,在入冬时常常会挖上一个大坑,除去牲畜们的粪便,还有当地人叫做"稀茅"的人的屎尿,收秋剩下的有些腐烂霉变的棉花柴、玉谷秆(好的还要当柴火烧呢)等等,通通都倒了进去,倒上一部分,覆上一层土,如此三番五次,垒成一个高高的土堆,经过漫长的冬季,正月过完万物复苏又开始新一轮农活忙碌的时候,这个大土堆便被挖开了。一股浓烈的气味混合着腾腾热气随着一大块一大块乌黑流油的粪土在锄头的挥舞中翻滚而出,这便是腐殖质极其丰富的农家肥!东北的黑土为啥黑?为啥最肥沃?成因和这是一模一样。所以有了这,种啥庄稼都不愁长不好。

但是这几年不行了,农业机械化慢慢开始普及,各家各户的牲畜越来越少了,因为牲畜一年四季都需要喂养,不像农具器械,不用了收拾起来就可以不再操心。最主要的是牲畜的效率明显不如机械高,生产力的发展必然会带来生产工具的不断更新,农耕文明也必然要掀开新的一页。

缺少了牛马驴骡的农村,养猪的人家也日渐稀少,再加上农村环境治理的日益加强,村委会一次次地在大队部的喇叭里广播,巷道里不允许再挖粪坑和堆积柴火了。想积攒农家肥的只能在自己的田间地头想办法了,赵海去年刚收完姚遥渠边地里的谷子,地里的谷秆成堆连片,放羊的拉走了些,当柴火烧的拉走了些,但还是剩下不少。赵海便在地头靠近姚遥渠的地方挖了个长方形大坑,把剩下的谷秆全部埋了进去。知道大儿子想种西瓜的心思后,赵广厚老汉基本上每天都去姚遥渠上拾羊粪,羊粪养瓜,节省投资又高产。冬日里有的是空闲时间,古老而绵长的姚遥渠上,有的是拾不完的羊粪。这个季节的放羊人一大早吃了饭,裹上一件原本是土黄色如今却只剩下土几乎看不出黄的军大衣,小调子哼着赶着羊群就出了门。头羊不用指挥,带领羊群就直奔姚遥渠,因为庄稼地里就只剩下颜色有些暗青的麦苗了,那虽是美味却万万吃不得的,公安派出所和乡村联防队的人会随时出现,那可不是闹着玩的。

而姚遥渠的渠沟内,此时正是一年之中最清静的时光,没有了夏季蝉声的聒噪,大多数虫儿也都处于冬眠的状态,即使有雀儿偶尔从枝头跃出,也都不大出声,各自各地忙着寻找食物。渠底浅浅的水虽然结着冰,但一般在中午都会消融,这不,暖暖的太阳已经照射在了渠坡上,枯黄的草丛软软地奄拉着,不过因为光照充足,好些草的根部都还泛着青,很是吸引着垂涎欲滴的羊群。姚遢渠的内坡和外坡有所不同,外坡尤其是南坡长满了酸枣树,刺刺扎扎的羊群根本就走不到跟前,但内坡却大多都是茵茵软软的草丛,放羊人把羊群赶到渠内,基本上就可以高枕无忧了。裹紧军大衣找个向阳的草坡一躺,头枕个树根或者石头,一会儿就能打出呼噜来。羊儿们呢,也不理他,低着头一个劲地吃,吃饱了渠底的冰也基本上就化了,喝上一番,散散步,活动活动,拉点粪,再继续吃。

所以说冬天里的姚遢渠内,羊粪遍地都是。赵海没工夫,也懒得拾,但赵广厚老汉却有的是时间,背着一个粪筐,拿一把短把的锨,还有一个铁丝拧成的小扒扒,一扒扒一扒扒地搂,一锨一锨地铲。粪堆就在姚遢渠跟前,路近方便,一天下来弄上三四筐没问题,一个冬天过去,赵海的地头粪坑边上,黑色的羊屎蛋就堆得像座小山似的。

地整了,肥施了,接下来就是栽种了。西瓜种子是赵海从虞乡农场买的,听说那里的西瓜种子都是通过专门渠道从外地进的,赵海也是因为多次贩瓜混熟了脸,又塞了一包红梅烟才买到手的。西瓜种子种前要经过三个步骤:晒种,放在阳光下晒上两个中午,种子发芽能力就可大大提高;浸种,把晒过的种子用不烫手的温水泡上6个小时,然后捞出来用棉布包好用力搓去种子皮上的黏膜,在防枯萎病的药液里再泡上4个小时,然后取出用清水冲洗干净;催芽,把浸好的种子平放在湿棉布上,上面再盖上一层湿棉布,放在高温下进行催芽。全家人都操着心,像呵护襁褓中的婴儿一样,按照赵海从虞乡农场学来的步骤,小心翼翼地一步步操作着。

西瓜成熟的季节,也就到了赵洋放暑假的时节,去地里看护西瓜便成了赵洋的主要任务。因为一放暑假,生机勃勃的田野就成了孩子们的天堂,逮知了,捉蚂蚱,偷瓜摘果,忙得不亦乐乎。

赵海在姚暹渠下西瓜地头挑了块地势稍高且又平整的位置,用土坯、碎砖和石块垒墙,用从姚暹渠上砍下来的杨树身子做檩条,搭了个简易房子做瓜棚,平时活儿忙他很难抽出时间,让年老体弱的老父亲在这荒郊野外守看他又不放心,这不弟弟赵洋放假一回来就给他解决了这个大难题。这些年姚暹渠上传说的狼和狐狸都基本上不见踪影了,偶尔出现的小动物也就是野兔和黄鼠狼。禾鼠虽然数量多,但禾鼠却不怎么糟蹋西瓜,野兔和黄鼠狼爱啃西瓜,还有就是怕一些小孩子,中午或者黄昏,在田野里逛着疯着,累了渴了,见了西瓜地可就像进了藏宝洞。其实小孩子倒也吃不了多少西瓜,这么大的西瓜一人一个足够了,就怕他们胡糟蹋,不懂得西瓜生熟,乱砸一气,弄得遍地狼藉不说,西瓜藤蔓也被踩得不成样了,所以这一时段,地里根本少不了人守护。

瓜棚有两间,里间有一张床,就是砖头垒的台上放了张门板,上面铺了张烂凉席,外间就只是个凉棚,紧挨墙角放着一个红塑料桶,盛着多半桶水,中间是一把一坐就吱吱乱响的竹椅,还有一块尺半见方的水泥预制板,上面放了一把秃得早没了刃只能切开西瓜的菜刀。

赵洋喜欢在这里看瓜。

如果是晴天,清晨时分,阳光早早就穿过简易的小窗照进里间,外面的各种鸟儿也开始叽叽喳喳,甚至会"嚣张"地窜进来进行骚扰,想睡会儿懒觉是要有很大定力的。不过赵洋不是太喜欢睡懒觉的人,他也会早早地起床,爬到姚遄渠上活动活动筋骨,呼吸一下清新的空气。碰上王红雷过来找他玩那就更好了,一人一个西瓜,就着从家里带来的馍馍,就是两人的早餐,觉得不过瘾,地头的菜地里还有西红柿和小葱,吃完饭后,两人围着水泥预制板便开始象棋大战,马走日,象走田,车炮一根船。炮声隆隆,马蹄阵阵,别看杀得是天昏地暗,其实两人水平都不咋地,也正因为半斤八两、旗鼓相当,不杀个十来局根本决不出真正的输赢。

一天的时光很快就过去了。

临近黄昏,蚊子便开始多起来了,从草丛里钻出来像直升机一样在头顶嗡嗡盘旋。这时候,赵洋就从床板下面抽出一束艾草绳来,用木棍挑了,点着后挂在里外间的门框上,烟气飘荡,蚊子们便迅速作鸟兽散了。月亮慢慢地开始升起来,鸟儿们都归巢了,只留下一些虫子在远远近近的田野里"吱吱唧唧"地演奏着夜的乐章。

赵洋和王红雷从不远处的井里提几桶水过来,美美地冲洗上一番,把积攒一天的汗臭味洗刷干净,然后两人开始筹划晚上的行动。

月亮升到中天的时候,藏在草丛里、庄稼根的昆虫们基本上都累了,处于半睡半醒的状态,有一声没一声地哼哼着。银白色的月光如水般地在田野间铺散开来,姚逞渠下一望无际高高低低的庄稼如大海一般在微风中碧波荡漾,轻轻依偎着长龙横卧般的姚逞渠。这个时候如果有足够的细心和耐心,你就可能发现,月光之下,藤叶蔓延的西瓜地里,偶然会有一个亮点闪过,仿佛波平如镜的海面上飞溅起一朵浪花,瞬间即逝。

那正是赵洋和王红雷想要寻找的目标。

夏季的田野，是动物们食物的天堂，万籁俱寂的深夜，则是动物们觅食的最佳时光。姚暹渠茂密的杂草丛林中，以前时常出没的大型动物随着社会发展、周边环境的改变已经消失殆尽，只剩下一些野兔和黄鼠狼之类的小动物借着夜色的掩护出来悄悄寻找一些吃食。

王红雷左手拿起床板上靠墙根放的手电筒，那是个三节装的手电筒，才换的新电池，光如雪，亮得很，右手拎了条半截锹把；赵洋呢，握着自己做的大弹弓，酸枣木架，手指粗的牛皮筋，弹丸就是白杏大小的石子。

两个人顺着地埝轻手轻脚地前行，眼光紧张而敏锐地扫荡着西瓜地，耳朵也都竖得尖尖的，捕捉着从四周传过来的每一丝动静。如果发现了前面所说的那种亮点或是"扑扑簌簌"的响动，王红雷的手电筒会倏地刺射过去，正在偷食的野兔或黄鼠狼必然会被这强光吓得一跳，纵使它天生再敏捷也势必会呆上一两秒，赵洋就是抓住这稍纵即逝的机会，狠狠地射出紧握的石子，那粗实的牛皮筋，弹力极大，如枪弹般的石子如果能击在野兔或黄鼠狼的头部，那么这可怜的小动物就会立马扑地毙命，即使击在身上其他部位，也能把它打得翻滚上几圈，趁这工夫，王红雷冲上前去，手中的锹把一阵乱砸，这动物往往也就没得命了。

这一连串的动作,从小到大,赵洋和王红雷多多少少也都练过好些遍,关键是要相互配合密切,天衣无缝,一气呵成。两人经过几个晚上的磨合,在十数次失败的基础上终于小有收获。王红雷在这里待了一星期,两人共捕获了7只野兔、4只黄鼠狼。

温带季风气候的运城地区,雨热同期,漫长的暑假里,除去热,比较多的还有雨,如果只是小雨那就挺不错,哪怕空旷的田野上就只有赵洋一个人。他会懒懒地躺在门板床上,听着外面雨声滴滴答答地敲打着庄稼叶子,慢慢地品味放假时才从沈曼娜手里借来的书——《年轻的潮》,这是新锐诗人汪国真的第一部诗集,几个月前刚由北京学苑出版社出版,还是沈曼娜专门让出差去北京的爸爸给买的。

诗集挺精致,赵洋特地找了一张报纸包裹着压在枕头下面。小雨淅沥的天气适合读书。赵洋小心翼翼地打开,一张粉红色的纸笺从书本中滑落,飘入他的怀里,赵洋捡起,两行熟悉的娟秀字体映入眼帘,分明是沈曼娜所写:

金风玉露一相逢,便胜却人间无数!
生日快乐!!

赵洋的生日是阴历七月初七,汉文化中的七夕节,这句引用秦少游诗句的祝福显然是给他写的。粉笺所夹的页面,正是汪国真写给友人生日的诗——《祝愿》。

因为你的降临

这一天

成了一个美丽的日子

从此世界

便多了一抹诱人的色彩

而我记忆的画屏上

更添了许多

美好的怀念　似锦如织

我亲爱的朋友

请接受我深深的祝愿

愿所有的欢乐都陪伴着你

仰首是春　俯首是秋

愿所有的欢乐都陪伴着你

月圆是画　月缺是诗

读着这些优美的诗句,仿佛一股涓涓的清流滋润心田,让赵洋感觉无比甜蜜和舒爽,沈曼娜俏丽的面容便浮现在眼前了。放假时沈曼娜把他一直送到火车站呢,她站在站台上冲他招着手,还说假期要来运城找他玩呢,可是前几天她寄过来一封信,说家人非要让她去上海,因为上海经济发达,证券市场火爆,国家已决定在上海成立国内第一家证券交易所。家人希望她能利用假期在那里的证券机构进行实习,长长见识,为以后的就业奠定基础。

在赵洋的心里,既希望沈曼娜能来运城却又怕她来,他担心这个从小在大都市里娇生惯养的女孩是否能适应运城农村的生活。城里人就是不一样呀,大学一年级就开始考虑孩子未来的出路了,来自农村的大学生,假期却还照样得从事面朝黄土背朝天的农活。他们的父母比他们更没有时间也没有能力去考虑大学毕业以后的出路,整天忙于田间劳作的农民们,甚至不知道现在的大学生就业问题已逐渐推向了市场,国家不再大包大揽了。

赵洋默默地叹了口气,在纸笺上用铅笔画了一个笑脸,写下一行字:

两情若是久长时,又岂在朝朝暮暮!

他把纸笺重新夹在了一页,那一页有汪国真的另一首诗——《给我一个微笑就够了》。

　　不要给我太多情意
　　让我拿什么还你
　　感情的债是最重的呵
　　我无法报答　又怎能忘记
　　给我一个微笑就够了
　　如薄酒一杯,像柔风一缕
　　这就是一篇最动人的宣言呵
　　仿佛春天　温馨又飘逸

　　外面的雨噼里啪啦地击打着庄稼的叶子,有好几点隔窗窜了进来,凉飕飕的。这肯定不是小雨而是暴雨了。赵洋赶紧从床上跃起到外面一看,西瓜地里已开始积水了。他听哥哥说过,西瓜成熟时节最怕雨水泡,雨水多了甜度降低不说,还可能泡烂西瓜,即使泡不烂西瓜,也会造成西瓜开裂。碰到这种情况,必须要想办法排水才行。

　　赵洋从床板下面抽出雨鞋飞速蹬上,抓起草帽扣在头顶,拎起铁锹就冲进了雨里。这块地有点溜坡,南头姚遛渠这边地势高些,北头靠路稍微低一些,只需要把北头地边的土埝挖个口子,积水就可以慢慢自己流走。

风挺大,草帽好几次险被刮飞,赵洋干脆绕脖子打了个死结,雨点密集地敲打着庄稼枝叶,下面的各种小虫虫惊慌失措地四处逃散。赵洋到了地北头把埝挖开,又把周边的杂草铲得远远的,以免堵塞水流。返回途中,他又大致搜索了一下地里,把窝在低处的西瓜挪放到稍高的位置,避免被水泡,这才深一脚浅一脚地回到瓜棚。

"对不起,我只是想在这里暂时避一下雨。"

这个声音让赵洋吃了一惊,他虽然戴着草帽,但基本没起到作用,浑身湿透,很是狼狈,进入瓜棚他放下铁锹,由于草帽死结解起来费时间,他就先开始脱身上的湿衫,这突然冒出的话语让他赶紧停住了手。抬头一看,让他又惊又喜。

"晓雨!"

"赵洋?"尽管他草帽遮面,湿发贴脸,身上泥水斑斑,但姚晓雨还是听出了他的声音,她绷紧的心一下放松了。

赵洋费了好大劲才把草帽解开,姚晓雨赶紧拿过干毛巾给他擦脸。赵洋看见她也是衣衫尽湿,发梢上还沾着水珠,便说,"你不用管我,我自己就能行。你到里间去,把湿衣服换了,要不会感冒的。"

里间也没有什么干衣服可替换,姚晓雨便把赵洋晚上睡觉盖的床单披裹在身上走了出来。这当儿,赵洋已脱下短袖衫,先拧干水,再用干毛巾包紧绞上几圈,估计把水吸得差不多了,松开来抻展,又穿到身上。

见姚晓雨出来了,赵洋把竹椅递给了她,问:"这下雨天的,你怎么跑到这里来啦?"

姚晓雨也没客气,侧身就坐了。她说:"我本来是在姚遥渠上采集一些植物标本,完成我们的假期作业。可谁想这小雨不但不停,还突然给变大了,我无处躲藏,又慌不择路,就跑到你家瓜棚里了。"

姚晓雨说这话的时候,嘴角带着微微的笑意,眼角甚至还有一丝俏皮。赵洋静静地看着她,他觉得眼前这个姑娘和以前相比性格变化越来越大了,再没有了以前那种冷冰冰的样子,偶尔的几次见面,虽然和自己说话仍然不是很多,但语气明显亲近了许多。

是的,在内心深处赵洋对姚晓雨一直是亲近的,不仅仅是由于姚晓云。这姐妹两个身上散发着一种说不清道不明的气息深深地吸引着他,这种气息不是其他人所能具备的,比如沈曼娜,甚至王红雷,它似乎和自己内心深处的某一点感触同出一宗,却又独辟蹊径、别有洞天,让他总有促膝长谈、一探究竟的欲望。

自从高二退学后,已有两年多时间没见过姚晓云了,暑假放假回来,听说她已做了母亲,赵洋不知道自己是否该打扰她的生活,加上家里农活忙碌也没有时间四处走动。只是当他站在西瓜地里一旦抬头,看见草树葱茏的姚遥渠时,那个红格格衣衫的身影便又会出现在眼前,让他浮想联翩,惆怅许久,心情久久无法平静。

没有盼来姐姐姚晓云,却意外地见到了妹妹姚晓雨,也照样令赵洋很是欣喜,一来有个伴能够说话了,二来从晓雨嘴里肯定可以探到一些她姐姐的事情。眼前这个姑娘虽然在现代气息浓郁的大学校园里浸染一年了,她的气质已完全符合一个标准大学生了,但她的眉宇间却依然散发着淡不去的源自乡土味道的清丽和雅致,让赵洋感觉她还是那个一如从前的邻家小妹,完全没有和沈曼娜在一起时的那种源自城乡之别的心理压力。

雨势比刚才减弱了一些,但一时半会儿却没有要停下来的意思。赵洋戴上草帽,起身到菜地里摘了些黄瓜和西红柿,还有几根葱,又到瓜地里挑了一个西瓜,回到棚里从塑料桶里舀了一瓢水冲洗了一下,用刀切成一牙一牙地放在预制板上,说:"没有表,估计这会儿都1点多了,你肯定也饿了吧?这里就是这些东西,里间的袋子里还有一大早我妈送的馍,你就将就吃些吧,补充些热量。"

姚晓雨探身取了一根黄瓜,说:"这有啥,我在家里面也经常这样吃的。"张嘴咬了一口,惊叹道,"真脆,太好吃了!"

赵洋笑道:"这肯定的啦,绝对的新鲜蔬菜。你再尝尝西瓜,保证也让你没得说。"

赵海种的这种西瓜品种,虽然个头不很大,但皮薄水多,吃起来清甜爽口,姚晓雨吃了几牙,唇间汁水直流,"不是你夸赞,确实好吃。"她有些不好意思地擦擦嘴角,抬头看着赵洋说道,"真的,我发现,姚遐渠靠你们这边的土质比我们那边好多了,水果蔬菜这么好吃,种个小麦也比我们那边产量高。"

赵洋点点头说:"你说的没错。姚遐渠以南土质不好主要是因为地势低,盐碱化程度厉害,但是以北我们这边土质也不完全一样。从姚遐渠往北大约1500米范围,我们村里的人习惯叫它'陆地',再往北地势稍微升高,我们叫它'上地'。这两种土地紧连着,但长出的庄稼却相差很大。我家有一块地在紧挨运金(运城—金井)路的北边,一半属于陆地,一半属于上地,种了好几年绿豆,陆地这边枝叶繁茂,但就是不长豆角,上地那边,树不旺叶不密,黑色的豆角却挂满枝头;要是种棉花或小麦又不一样了,陆地这半截枝干长得旺,产量也高,上地那半截就不行了,你从庄稼的长势上就能明显地看出分界线的位置,泾渭分明的。"他不可思议地摇了摇头,看着姚晓雨认真地说,"你是农林专业的大学生,有空你给研究一下这个问题,这种土质是咋形成的,太神奇了!"

两个人吃着聊着,从西北农大说到陕西财院,从解州中学说到康杰中学,说到龙居中学,又从王红雷说到李百灵……姚晓雨发现有好几次在话题转换时赵洋吞吞吐吐、欲言又止,聪明的她立刻明白了赵洋的心思,于是她来了一个巧妙的过渡,很自然地谈起了姐姐。

学校里的课姚晓云明显是无法继续代了,现在她的生活重心就是照看孩子。因为父亲和母亲都比较忙,奶奶年龄大了也替她照看不了孩子,加上小孩身体不好,动不动就发烧,她在娘家待的时候也不多。姚晓雨不爱见姐夫那一家人,所以尽管她很想见姐姐,却也不愿意去姐姐家玩,暑假里她也就只见了姐姐一次。姐姐是知道她放假回来了才专门过来看她的,但也是没等天黑就回去了。生了个孩子,姐姐胖了一些,白了好多,但是憔悴得很,她发现姐姐的眼角都有些细纹了,姐姐才多大呀,虚岁还不到20呢!

当然,这些姚晓雨是不会给赵洋说的,她轻轻地讲述起去年成绩下来之后姐姐在姚遑渠上向她追问赵洋高考分数的情形。她看见赵洋在认真地听,一动不动,眼眸之中蕴含着无限的欢喜和深情;她又讲起了姐姐结婚那天她在车上看到的那漫天飞舞的洁白杨花。她看见赵洋慢慢扭过头去,抬脸望向了姚遑渠,目光射入迷迷茫茫的雨雾和草树之中,怅然若失……

第四章

2

雨过天晴，太阳接连暴晒了两天，地里面干得可以下得去脚了，赵海决定赶紧摘瓜拉到城里去卖，因为天气预报说隔几天还会有连阴雨，现在西瓜已经大量成熟，要碰上连阴雨天气那后果可不堪设想。他推掉手头的其他活儿，这几天全力以赴先把这5亩多的西瓜处理掉。

赵洋随着哥哥天蒙蒙亮就开始行动，赵海挑拣熟好的摘下来放到埝边，赵洋用编织袋一个个装了，扛到地头又一个个地放到手扶车厢里。装了满满一车厢，赵海把借来的大杆秤连秤砣塞进车厢的边上，又扔了一个半截锨把上去，然后取出摇把发动起手扶车，赵洋坐到他的边上,兄弟两个就往城里进发。

农用手扶拖拉机速度不快,一个钟头也就是20公里左右,7点多才到了城里,正赶上行人上班,晨练完毕的老头老太太们归来。赵海把手扶车停靠在红旗西街西花园(运城人民公园)对面的人行道边,熄了火,掏出大杆秤,随手抱起一个西瓜,一拳砸下,鲜红的汁水和沙瓤登时四溢,一股香甜的气味便飘散开来。赵海扯起嗓子吼了一声:"好西瓜便宜啦!"

西瓜确实不错,但现在正是西瓜大批量上市的时节,各地的西瓜都纷纷涌向城市,竞争激烈不得不降价销售。

"西瓜咋卖?"一下子就围上了一圈人。

"五分钱一斤,买得多的话,四分!"

围观的人有的看着裂开的西瓜,小声议论,赵洋随手掰了几小块递给正在犹豫不决的人,那些人尝了一口,点着头对赵海说:"嗯,美着哩!我不懂得生熟,你给咱挑上两个好的。"

"不用挑。我这西瓜一个品种,都是一茬的,不熟的我就不下。包熟包甜,不熟不甜的随时拿来,一个换俩。"赵海不卑不亢,底气十足,说话间手不停,抱瓜、过秤、收钱、找钱,赵洋也赶紧搭手帮着哥哥。

因为瓜好又便宜,好些人买的数量挺多,尤其是一些精打细算的老头老太太,晨练回来,捎了点菜,又买了堆西瓜,自然是没法拿回家的。赵海说:"没事,只要不是很远,我给你送到家。"让弟弟照护着瓜摊,自己扛起装瓜的编织袋,一家一家地送。这样虽然费劲些,但卖的速度就快了,而且送到买主家就可以把编织袋拿回来,能节省上几条袋子。

城里人住的多数是楼房,扛着百十斤的东西上上下下确实也不是件容易事,加上天气炎热,几趟下来,饶是健壮的赵海也满脸是汗,气喘不止。又有一个老太太买了80多斤瓜,赵洋便说:"哥,让我替你送趟吧!"赵海抹了一把汗,说:"我没事。你学生娃,哪能扛了这?"赵洋犟道:"我能行!我以前在家也扛过的,我慢点就行了,咱俩替换着都能歇歇。再说,我去送,有人零买你就能招呼,我不认识秤。"

赵海想想也是,便说:"行吧,你先把这趟送了。不要急,上楼时慢些。"

这个老太太家倒是不在楼房里住,却比较远些。她住在西花园东南方向的张家巷里,是个小院。老太太看来是个知识分子,戴着眼镜,瘦削却挺有精神,赵洋扛着瓜走着,老太太一边和他聊着天。

"谢谢你啦,小伙子!刚才那个人是你哥?"

"嗯!"赵洋应了一声,这80多斤的西瓜刚刚扛着觉得没啥,时间一长肩膀就硌得难受,毕竟长时间不干体力活了。

"听你哥的意思你是个学生,大学生?在哪里上学呀?"

"西安。陕西财经学院。"

"哦,陕财呀,那是60年代由西北大学经济系为基础组建的,我们家老杨就是西北大学经济系毕业的,你们可以说是校友呀!"

说着话,两人拐进一个家属区,这里面都是一排排的平房,独门小院。老太太住在南边第一排第三家,进了家门,赵洋正搜寻着地方看哪里适合放西瓜,突然屋子里传来"扑通"一声响,似乎是什么东西倒在了地上。老太太立即喊了一声:"老杨!"扔下菜篮,疾步就往屋里跑,赵洋赶紧把西瓜放在台阶上,迈腿冲进了房间。

房间内,老太太的老伴老杨倒在地板上,双手紧捂着腹部蜷缩成一团。"老胃病又犯了。"老太太嘀咕着,弯腰去搀扶老伴,一边急切地问,"药喝了吗?"老杨满脸痛苦,紧皱着眉头摇了摇头,憋出几个字:"不顶事,去医院!"挣扎了几下却起不了身。赵洋忙说:"大伯你别动,我给你扛着去医院。"头一低腰一弓,两臂环抱起老杨,就像刚才扛西瓜一样扛在肩上,老太太在前面掀起竹帘子,两人出了房门,一路小跑直奔医院。

地区医院就在附近,医院大门口左前方就是急诊室。虽然路程不是很远,但病人毕竟不同于西瓜,比起去年的沈曼娜,一个大男人的重量又重了好多,把赵洋累得够呛。

坐在过道的椅子上歇了会儿,赵洋缓过劲来,才想起哥哥还在等着自己呢,此刻老太太还在急诊室等候着没出来,赵洋也不便进去打扰,便悄没声地不辞而别。出了医院门,又到了西花园路口,哥哥和载西瓜的手扶车却早已不见了踪影。

大街上人流如潮,但大多行色匆匆,赵洋问了几个人都不知道哥哥去了哪里。哥哥一定是等不及他,另外挪地方了,赵洋这样想着,他们是从西边进的城,哥哥要挪地方应该是往东走了。赵洋便赶忙往东边追,追过了一条街,在南边的老百货大楼附近找见了哥哥。赵海说西花园那个地方本来卖得挺好,但赵洋刚走不久,有几个戴红袖章的人过来了,一刻也不让他在那里继续停留,否则就要连人带车扣走。赵海搞不清对方是什么部门的人员,农民进城做买卖,也不想惹是生非,只能发动起手扶车,慢慢往前走。

西瓜卖得还算顺利,满满一车厢变成空荡荡的时候,大概也就是12点。天气正热,兄弟两个却没有剩下一个西瓜给自己解渴,赵海本来要买几个烧饼给两人垫垫肚子,赵洋却说大热天吃烧饼又干又热,离家也不是很远,还不如回到家美美洗一下再吃饭。其实赵洋也是有点饿,但他知道今天虽然卖得挺顺利,但是因为价格便宜,也没卖下多少钱,能不花就尽量别花。赵海也明白弟弟的心思,他把手扶车调到高挡,加快速度,开始返回。赵洋坐到车厢里,屁股下是一叠厚厚的编织袋,软软的,正好舒服地歇一歇。

不多时回到村里,赵海把手扶车停在自己家门口,赵洋跳下车和哥哥进了屋,嫂子王燕早已做好了饭在等着他们。两个人打来一桶凉水,劈头盖脸洗了个酣畅淋漓,然后坐到桌子前,"呼噜呼噜"三下五除二就把"咕咕"叫唤的肚子填饱了。

赵海起身从炕头拿过一个木盒子,把黑皮革包里今天卖的钱倒了进去,等一会儿媳妇王燕洗涮完了再细细整理,自己挑了一部分零钱放回包里,拉上拉锁。赵洋则趁机逗了逗撒着小腿欢跑的小侄女。

收拾停当,赵海用塑料壶灌了一壶凉开水,又给手扶车柴油机的水箱里加满水,兄弟俩便马不停蹄赶赴西瓜地,趁着时间还早,在天黑前计划再到城里卖上一车瓜。

下午的城市里又闷又热,没有一丝风,即使是在树荫下也感觉不到凉快,上学的上学了,上班的上班了,不上学不上班的都躲在屋子里吹着电扇,大街上就没有几个人。两边商铺的店主也都蔫蔫儿的,坐在店门口有一下没一下地摇着扇子,打着瞌睡。赵海吆喝了几声,见没有什么回应,便抹了一把脸上的汗,啐道:"妈的,这车西瓜还要囤住哩(方言:卖不了啦)!"赵洋提过水壶,自己先喝了一阵,然后递给赵海,"哥,你先喝些水,这会儿街上没人,喊叫也是白喊叫。歇上一会儿再说。"

太阳开始偏往正西方向的时候,稍微起了点风,街边的柳条晃动起来了,老人小孩们也陆陆续续出了家门,大街上又热闹起来,赵海的西瓜生意自然开始红火起来,但为了躲开那些戴红袖章的人,赵海不敢在大街上停留,便把车开进了巷里,在居民区的门口卖。6点一过,上班的人们也开始下班回家了,赵海终于不再发愁西瓜卖不出去了。

赵家兄弟两个开着空车,再次打道回府的时候,夕阳已跌进天边的暮色里,西边的天空只剩下一片通红的火烧云。今天顺利地卖出了两车瓜,赵海心情极好,吹着口哨,迎着暮色,追着残阳,悠悠地开着车,一路向西。公路两侧的庄稼地里,不时有鸟儿或者蝙蝠在空中盘旋捕食飞虫,尽管树枝间的知了还在喊叫着"热——热",尽管赵海和赵洋都是满身汗,饥肠辘辘,但晚风拂面,两人还是感觉精神倍爽。

第二天,还是天刚蒙蒙亮,赵海和赵洋就在地里下瓜了。这次速度快,赶到城里的时候还不到7点,赵海又把手扶车扎在西花园的对面马路边,尽管这里有被"红袖章"驱逐甚至处罚的危险,但这里人多,销量还是大,赵海觉得值得冒险。

果然手扶车刚停稳,就有人围上来询问。赵海照例先打开一个西瓜放在旁边让人品尝,然后和赵洋搬瓜、过秤、装袋,手脚利索地一天生意就开张了。西瓜好吃又便宜,买家便多是成袋地装,赵洋便用半截锹把塞进秤头的铁丝圈里,和哥哥抬起来才能称,费劲是费劲,但这样卖起来速度快多了。

正在忙碌间,只听有人说道:"谢天谢地,总算找见你们啦!"抬头看时,只见昨天那个老太太从人群中挤了过来,手里捏着一叠钱就往赵洋手里塞,"太谢谢你啦小伙子,要不是你,我老头子可就麻烦了!"

赵洋赶紧拦住她,说:"这没啥,这没啥,都是应该干的嘛,你不要……"

"哎呀,这是你的西瓜钱,85斤,一共是三块四毛钱。昨天着急得都给忘啦!"老太太看见赵洋手忙脚乱的也没工夫收钱,便转身递给了赵海,"等到忙完出来找你们,早不见啦。下午出来也没找见你们,没想到今天一大早就在这里又见到你们了。"

赵洋这才想起昨天着急得连瓜钱都没收就走了,幸亏这老太太还算不错,挺讲诚信,救人的事情他也没有给哥哥说。赵海见这个老太太如此热情,一时还有些不适应,他咧嘴笑着说:"昨天下午我们本来也想来这里再卖,但怕那些戴红袖章的人找麻烦,所以就去了其他地方。说实话,我这西瓜个个都没问题,卖的就是回头客。"

"就是就是,确实好吃。这不,我给你引来了好几个买主。"老太太向人群后招了招手,"昨天我给她们尝了,她们都吃中你这瓜了。我给你说小伙子,你们每天都来我们这里卖,保证天天都卖得快。那些环卫处的人你们别怕,他们一般都是8点才上班,你们早上过来得早一些,等他们出来你们就卖得快完了。"

老太太带来的几个老头老太每人都买了七八十斤,

赵洋——都给他们送到了家里。完了,老太太从家里出来,手里拎个塑料袋,里面装着几个烧饼夹肉,硬是往赵洋手里塞,赵洋推辞不过,抓了两个在手里赶紧撒腿跑了。

西花园正对的是西城墙路,在老运城的西边,街口附近居民区多,人流量大,确实是个卖东西的好地方。赵海和赵洋听从老太太的话,每天来得就更早了。由于怕西瓜摘得早了不新鲜,赵海并没有像其他人那样提前在天黑前就摘好瓜装好车第二天直接出发,他给弟弟说:"西瓜在地里经过一晚上凉气和露水的积淀滋养,早上口味最好,脆甜清爽,这时候下的瓜最好吃。所以就算比往常起得再早一些,也不能提前摘,败了咱们西瓜的名气。"

兄弟俩只能起得更早一些,赵广厚老汉和老伴杨翠娥也来地里帮忙了,反正人上了年纪瞌睡就少了,有事没事天不亮就醒来啦。杨翠娥打着手电筒,赵海和父亲赵广厚借着手电光挑寻熟好的瓜摘下放到埝边。赵广厚再搭手帮二儿子赵洋把西瓜装进编织袋,照护赵洋扛在肩头,送到地头的手扶车上。

到达西花园街口的时候,东方才隐隐发白,路灯都还没有熄灭,孩子们放暑假不用早起,上班的人们还没有到时间点,但大街上还是出现了不少人影。早早起来呼吸清新空气的都是些老头老太太们,有的是牵着小狗去散步,有的是背着一把长剑去西花园练几圈太极,还有的是几个票友哼着小曲、操着家伙准备在公园的某个角落里演奏上一番……赵洋打了个哈欠,伸了伸胳膊,对哥哥说:"城里面的人真悠闲,一天就不瞌睡!"

接连的几天里,那个老太太每天早上都会按时出现,或者是带着几个买主过来,或者是自己买上三四个西瓜,不管怎样,赵洋每次都一一把西瓜给他们送到家,老太太每每都留他擦把汗、喝些水,次数多了,赵洋知道了这位老太太姓乔,是个小学老师,老伴呢,姓杨,退休前在一家银行里还是个领导。乔老太太不止一次地给赵洋说,到了城里有个啥不便,就上门来找好了,千万不要客气。弄得赵洋都觉得不好意思,不就是帮了人家一个小小的忙吗,让人家这样三番五次地照护自己?

第四章

3

赵海的5亩西瓜销售殆尽的时候,赵洋大学的第一个暑假也就结束了。暑假虽然结束了,但炎热的天气依然还在继续。无论是西安还是运城,都处在地势低平的河流谷地,又靠近中国南方和北方的分界线,高温天气会持续很长时间,所谓的"秋后母老虎"就是指当地在"处暑"节气仍然还会有相当高的气温。在这片黄河掉头向东流、孕育着中华民族最早文明的土地上,只要天气晴好,国庆期间身着短袖衫都还适宜,但是只要细细的秋雨一洒,气温立马就会降下来,"一层秋雨一层凉",中秋时节的雨尤其多,想看八月十五的圆月确实也是一件不容易的事。潇潇的秋雨如果连绵上几天,立马就有进入冬天的感觉了,连阴雨天啥农活也干不成,坐在门洞里谝闲的人们有的把老棉袄都裹在了身上,这样扯到无话可说的时候就可以顺便打个盹了。

真的,当人们还没有真正感受秋味的时候,冬天说来就来了,进入11月份才刚刚几天,陕西财经学院的第一场雪就纷纷扬扬地飘落了,雪不是很大,校园在一点点地变白。正好是周末,赵洋下午只有一节课,下了课,同学们悠悠散散地开始欣赏雪景,赵洋则夹了书本,快步往宿舍回,他打算回去写一封信,好长时间都没有给家里写信了。

快到宿舍楼跟前的时候,赵洋看见有两个女生面对面地站在门厅下,似乎在等人。周末放假了,男生女生们相互串门也就多了起来,或是老乡,或是朋友,或是谈恋爱,门房的值班人员管也管不住的,索性就睁一只眼闭一只眼了。赵洋也就没在意,心里想着一会儿在信上都写些啥,虽然也没啥事,但毕竟几个月了,应该和家里通通气,省得他们挂念。突然,面朝他这边的那个女生侧了一下头,看见他,叫道:

"赵洋哥!"

是姚晓雨?赵洋赶紧抬头看,没错,就是她。这天气,她竟然过来找他了?但和她对面的女生看背影不像是李百灵呀?

随着赵洋的走近,背对着他的女生慢慢地转过身来。那一瞬间,赵洋呆住了,手中的书本跌落在地上,尽管已经有1000多个日子没有相见,尽管一条白围巾遮住了对方的一半面容,但赵洋还是一眼就认出了她。

姚晓云!

赵洋好半天才从惊愕中反应过来,他慌忙拾起书本,三步并作两步奔了过去,把姊妹两个让进宿舍,他回来得最早,宿舍里还没有一个人。姚晓云站在屋子中间,静静地环顾四周,赵洋让她俩坐到自己的床铺上,手忙脚乱地给两人倒热水喝。姚晓云伸出右手,轻轻地抚摸着床单,仔细地端详床上每一样物件,柔柔的目光中洋溢着浅浅的笑意。

姚晓雨站起身,说:"哥,你不用给我倒水了,我不渴。"她看着赵洋,咬了下小唇,"我姐……她想找你,说会儿话,你有时间吗?"

"有啊有啊!"赵洋赶忙说,"这不放星期了吗?我啥事都没有,有的是时间。你俩吃饭了吗?"

"这时候吃啥饭?"姚晓雨白了他一眼,"中午饭我们都吃了。我马上还要赶回学校呢,你要是不忙,那我就先走了。"

"嘿,这你放心,我肯定给你姐照护好。"赵洋咧嘴笑道,"你还是喝些热水好些,外面冷,暖暖身子。"

姚晓雨端起水杯喝了一口,回过头对姚晓云说:"姐,那我就走了哦?"姚晓云起身看着妹妹,轻轻地说:"你赶紧走吧,要不回去天就黑啦。你不要操心我,我能行的。你路上慢一些,坐车多操些心。"

赵洋对姚晓云说:"外面冷,你不用出去了,我送一下小雨,马上就回来。"

姚晓雨摆了一下手,说:"不用你送。你照护好我姐就行,她在这里不熟。我走啦,拜拜!"说完拉开宿舍门就不见了踪影。

"小雨她有事着急走,你别急,慢慢喝些热水吧!"赵洋双手端起热水杯(说是水杯,其实就是学校发的洋瓷饭缸)小心地递给姚晓云,姚晓云"嗯嗯"地点了点头,接过水杯,轻轻地啜吸着,说:"你宿舍同学是不是一会儿就回来了?要不咱们去外面走走吧,我不冷。"

雪花飘飘洒洒的,仍然不是很大,两人顺着操场的跑道慢慢地走。姚晓云上身是一件红色呢子大衣,一条白色长围巾穿过黑色的秀发缠绕在脖颈间。她比以前瘦了好些,肤色却更白了,只是缺失了一些少女时期的红润。雪花轻舞飞扬,跌落在她的发梢、眉间,恍然一幅童话里的图画。

姚晓云默默地看着雪中的校园,赵洋则默默地看着她。分别两年多了,千言万语却不知从何说起,她怎么会来西安呢?而且还专门到这里来看他?她不是当了妈妈吗,怎么没带她的孩子呢?……

赵洋终于还是忍不住了,说:"哎,你怎么会……"姚晓云转身,莹莹掌心捂住了他的嘴唇,"啥都不要问……你看,这雪中的校园多美呀!"

"可我还是觉得咱们那里雪景更美。茫茫盐湖、皑皑中条,还有那蜿蜒曲折看不见首尾的姚暹渠,就像高一那年咱俩去龙居中学的路上,雪天雪地,无边无际,只有两行脚印在延伸……"

"今天的雪花还会是那年的雪花么?"姚晓云仰头环视着雪空,喃喃自语,半晌,她回过头看着赵洋,轻轻地问,"我打算明天才回运城,你有时间……多陪我一会儿吗?"

"那肯定呀!你待多长时间我就陪你多长时间,明天是星期天,就是不是星期天我也可以请假呀!"赵洋急切地说,他一把抓住她的手,生怕她会突然消失一样。

姚晓云全身抖了一下,触电一般抽回了手,但随即她又把手塞回了赵洋的掌心。赵洋还从来没有牵过姚晓云的手,此刻,他第一次感受到这只小手的光洁细腻,但却是冰冰的凉。

赵洋和姚晓云绕着操场转了一圈,两人开始朝学校大门口走,赵洋要去校门口对面的邮政储蓄所里取些钱,因为平时也不买啥,他的口袋里除去饭票就只有十几块钱。他想让姚晓云在外面的饭店里好好吃顿饭,还要给她找个差不多的休息场所,这些钱显然是不够的。可是真不巧,储蓄所已经到了下班的时间,站在校门口就能看见储蓄所的铁闸门都拉上了。

正是一筹莫展之际,赵洋扭头看见沈曼娜撑着一把伞远远地朝这边走过来,他想了想,把姚晓云带进门卫室,说:"这里暖和一些,你稍等我一下,我向同学问个事情,马上就回来。"

沈曼娜正低头匆匆地走着,猛然看见赵洋横在自己面前,让她又惊又喜。

"你死呀!"她用伞朝他做了个砸的动作,"吓我一跳!"

赵洋赶忙往边上一闪,伞上的积雪纷纷洒落在他跟前。赵洋"嘿嘿"笑道:"对不起,着急了。有事求你,帮我个忙好吗?"

"哼!"沈曼娜小嘴一嘟,"我就说呢,你今天怎么会主动找我,我还以为你是邀我去大慈恩寺踏雪览胜呢!"她眼波盈盈地朝赵洋妩媚地闪了一下,"原来是有事求我。"她一抬手,把赵洋也罩在伞下,俏脸一正,说,"说吧,想让我做什么?"

赵洋思索了一下,说:"这样的,我有个高中同学,关系特别好,从运城过来找我了,我要招呼人家吃饭还要找个地方住,但我身上的钱不够,储蓄所也下班了没法取,所以……想请你借我点钱。"

"哦,好事呀。有朋自远方来,不亦说乎?招呼朋友义不容辞的呀!"沈曼娜低头掏出钱包,取了一张"四大伟人","一百够不够?"

"五十就行了,我身上还有点钱。"

沈曼娜把一百块钱塞到赵洋手上,"拿着吧,多一些总比少一些好,不是还要找地方住吗?哦,对了,"她嘴角绽出一丝狡黠的笑意,"男的还是女的?"

赵洋咬了一下唇,看着她说:"和你一样。"

沈曼娜柳眉一挑,跺了下脚,当胸给了赵洋一拳,"那我就要看看她是不是也和我一样漂亮!"

沈曼娜在赵洋跟前使些小性子,但见了姚晓云仍然落落大方,只是姚晓云似乎满腹心事,只是礼节性地应答,并没有太多的话语。不过我们这位沈小姐也确实善解人意,她悄悄对赵洋说:"你朋友可能有许多心事,你多陪人家聊聊。学校附近有一家旅店,我回家过来过去见过他们的广告,条件还不错,对学生有优惠。我可以带你们过去看看。"

旅店就在距校门不远处的一条小巷里,挺清静。三人掀开厚厚的门帘走了进去,一个中年妇女从吧台后面站了起来。

"你好,住宿吗?"

"是的。阿姨,您这里是不是学生可以优惠?"沈曼娜抢先说道。

"对的。学生情侣可以半价,但是要看一下学生证。"中年妇女疑惑地扫视着三个人,"你们……"

"这是我男朋友。"沈曼娜抓过赵洋的胳膊抱在前胸,又从衣袋里掏出自己的学生证递给他,"你的学生证带着吧?那你赶快办手续,完了咱们还要送我同学回家呢!"说着伸手勾起了姚晓云的手掌。姚晓云则静静地看着,一句话都不说。

房间挺暖和的,环境也很好,还有台小彩电,窗户正对着一棵大槐树,雪花飞舞,在树冠上塑成了万千琼枝。沈曼娜先找见电热壶烧开了一壶水,然后拍拍手说:"那我就先走了哦!"

姚晓云赶紧站起身,沈曼娜一把拦住她说:"晓云,你就别出去了,我看你精神不好,你还是多休息下,让赵洋送我就行啦!"

赵洋带上房间的门,陪着沈曼娜走出旅店,到了小巷口,沈曼娜说:"行了,就到这里吧,你赶紧回去吧。看你心不在焉的。"赵洋赶忙笑了一下,"哪里呢,不过今天确实要感谢你,我还从来没有进过旅店登记过房间呢,要不是你,我真不知道该怎么办。"他看着她,认真地说,"所以,曼娜,真的谢谢你!"

沈曼娜咬了一下唇,说:"把你的右手伸过来。"赵洋伸出右手,沈曼娜一把抓过,在他的掌心使劲地掐了一下,说,"知道啥意思吗?"

赵洋没有完全反应过来,但他还是迅速地点了点头,"知道了!"沈曼娜嘴一撇,"那就好,好好领会。我走啦,拜拜!"从赵洋手中接过伞,左手一摆,长发一甩,在片片飞雪中渐行渐远。

赵洋回到旅店的房间,姚晓云赶忙倒了一杯热水端给了他。赵洋喝了一口,问:"你晚上想吃些啥?"姚晓云摇摇头说:"晚上我一般都不咋吃,一会儿出去买点吃的拿回来就行了。"顿了一下,她又问:"那个姑娘家就在城里吗?"赵洋点了一下头,说:"对,这里距大雁塔不远,她家就住在大雁塔跟前。"

"哦……"姚晓云沉默了一下,轻轻地说道,"她是个不错的姑娘,你……要好好珍惜!"赵洋愣了一下,随即辩解道:"你说什么呀?她就……只是我同学,关系很好而已!"姚晓云看着他,脸上泛起了红晕,她的唇角现出柔柔的笑意,"都是女生,我能看出来,她是真的喜欢你。"

姚晓云走到窗前,拉开一丝缝隙,立马有雪花随冷气飘了进来,她伸手接下一瓣,那雪花飘落在她的掌心,瞬间就化成了一滴水。姚晓云关上窗户,回过身,轻喟一声,幽幽说道:"雪花是天降的一种心灵映像,一点无可比拟的美,要是一刹那间抓不着,它就会永远消失。你知道么,你可以有无数失望,无数悲伤,无数幸福,无数欢乐,但总有一种东西这一生中你只能拥有一次,而那一次,失去了就不会再来。花,只艳一次春天;雪,只落一个冬季……"

夜,渐渐地加深,两个人却仍然没有倦意。赵洋让姚晓云拥坐在被子里,身后垫着两个枕头,软软地靠住床头,赵洋则坐在她的对面,听她说着话,并隔一会儿给她的杯子里添些热水。

孩童时期的点点滴滴,解州中学不到一年半的岁月,令她欢欣难忘的兔年春节,让她依依难舍的西王小学,每一段日子,每一件事情,姚晓云都在细细地回忆,慢慢地讲述着。朦胧的床头灯影中,她乌黑的秀发如瀑布般地披落在肩头,白天有些苍白的脸色终于红润起来了。赵洋怔怔地看着她,一次又一次地掐自己的大腿,他不停地在心中告诉自己,这是真的,这是真的!

冬夜是漫长的,有雪的冬夜更加漫长,但再漫长的冬夜终究会有黎明到来的时候。当窗外的白光渐渐地映亮了室内,雪花却仍然在不紧不慢地飘洒着,姚晓云停止了讲述,她看着赵洋,小声地问:"你瞌睡吗?"

赵洋摇摇头,仍然看着她,说:"你白天要坐车,要不你睡一会儿!"

姚晓云冲着他微笑了一下,"我也不瞌睡。"她轻轻地叹了口气,眼中闪过一丝黯淡的神色,"这么快天就亮了!"

赵洋抬头看了一下墙上的挂表,说:"你要是不瞌睡,那咱们就洗漱一下,到外面好好吃点饭。你要坐好几个小时的火车呢,不吃东西可不行。"

"嗯!"姚晓云点点头,撑起身子钻出了被窝。8点10分,两人收拾停当。姚晓云叠好被子,抚平床单,围上围巾,穿上大衣,背上挎包,转身深深地看了一下整个房间,然后对赵洋说:"咱们走吧!"

两人吃过早饭,赵洋带着姚晓云去大雁塔广场走了走。雪后的广场白茫茫一片,好些孩子在嬉闹着打雪仗,姚晓云并没有被这些欢乐所感染,反倒显得更加沉闷了。赵洋知道她有满腹的心事,但是姚晓云不让他问,他无法勉强她,两人便默默搭上去火车站的公共汽车。

到了火车站,赵洋到售票窗口给姚晓云买了回运城的车票,看了看时间,距发车还有二十来分钟,两人便沿着城墙根慢慢走。随着时间一分一秒地消逝,姚晓云的神情愈发的不安,赵洋甚至可以听见她激烈的心跳。蓦地,候车大厅响起了开始检票的广播声,姚晓云的脸一下子变得煞白,她猛地转过身面对赵洋。

赵洋吃了一惊,赶忙握住她的手,说:"你怎么啦?脸色好白!马上就要上车了,你能行么?"姚晓云摇摇头,怔怔地看着他,说:"我没事,我就是……马上要离开了,心中……一团乱糟……"她顿了一下,轻轻说道,"洋,我可以抱你一下吗?"

赵洋张开双臂,一下子将姚晓云搂在怀里,泪珠涌眶而出,禁不住从脸颊滚落。泪眼婆娑间,他感到一张冰凉却柔软的小唇合着咸咸的液体紧紧地贴在了他的唇上……

第四章

4

大雪一落,冬天的滋味就更浓烈了,特别是消雪的日子里,红红的日头照着一片素白,空气里彻骨的清冷仿佛能将世界瞬间凝固。在这样的严寒天气里,经过泥泞雪地跋涉的行人,如果能有一碗热气腾腾、香味扑鼻的羊肉泡摆在面前,无疑是一种金山也不换的幸福。

耿小芹正是这样想的,她为自己果断盘下隔壁商铺改装成羊肉泡店的做法备感满意。

国庆节前,隔壁面食馆的老板因为有事着急想把店铺转让出去。面食馆面积大,相当于自己的两个饼子店,再加上一些桌椅、灶具等其他设备,转让费要两万二。叶运平和昝国良虽然也有接手的意思,但对转让费还是有些咂舌,耿小芹想了两个晚上后决定盘下它,因为她感觉冒这个险值得。来这里说话间也就快两年了,虽然整天大多都是在店里面忙碌,但她仍能感觉到外面的世界变化得很快,街道向远处延伸了不少,走在大街上来来往往的生面孔也越来越多,尤其是前不久和小姑子叶俊萍聊天,叶俊萍说她听孙教授不止一次地说过,国家在未来几年里还继续会在这里大力投资,进一步发展这里的经济。大学教授说的话,耿小芹觉得还是比较靠谱的。

经济发展了,城市肯定会扩建,城市要扩建,肯定少不了打工的人,有了打工的人肯定就需要吃饭的地方,"民以食为天",哪个朝代能把开饭店的人饿死了?对,把这个店盘下来做解州羊肉泡。当地人对羊肉泡还是情有独钟的,解州羊肉泡又别是一番风味,而且经济实惠,一大碗才两块钱,有吃又有喝。旁边就是饼子店,配料也方便,两万二的转让费是有些多,但其实也不算多,这里只要经济发展起来了,店面肯定都要涨价的,到那时候,想要盘下这么个店面还不知道要多花多少钱呢。

耿小芹通了思路,下了决心,她说服了叶运平,再次动用了工伤赔偿金,又把这两年攒的钱全部取了出来,然后去和面食馆老板谈判,最终两万块钱"一把清",双方都颇觉满意。

国庆节放假两天,饼子订户有好些暂时停歇,耿小芹趁这当儿回了运城一趟。她先去娘家拜访哥哥嫂嫂,劝说他们秋粮收了以后就赶紧把地承包给别人。哥哥耿明生会做本地一些简单的饭菜,村里面过个红白喜事,他经常在厨间帮忙,甚至干过大厨。嫂嫂兰草呢,干净利索,又能说会道,三寸不烂之舌能把死人说活,整理店面招揽生意应该是没啥问题。耿小芹心里清楚,哥哥憨厚老实,亲兄妹之间没啥说的,但毕竟还有嫂嫂,自己嫁出去了就和哥嫂是两家人了,账还是要算清的。她不让哥哥嫂嫂投资一分钱,赔钱挣钱都算她的,每个月她给哥嫂开工资,两个人一共800块钱,这比在村里累死累活伺候那几亩地强多了。耿明生当然没意见,他知道自家妹妹肯定不会亏待自己。兰草是个聪明人,平时就不停地打着零工,自然能比较出哪种方式来钱快些,又可以不整天风吹日晒。夫妻两个都没啥意见,唯一的麻烦就是儿子龙龙,龙龙今年刚上初一,在龙居中学,平时都是走读,夫妻俩要是都走了就没人照看娃了。耿家的事是由兰草说了算,兰草想了想说,"不行就让龙龙住校吧,男娃家,也该锻炼锻炼了。放星期的话,就回他舅厦(舅家)去,让我妈照护吧。过年时多给他舅厦奶拿些好吃的，留些钱。只有这么办最好啦！"

把哥哥嫂嫂搞定以后，剩下的事就相对简单多了。耿小芹想找两个学徒工，两个店各需要一个。学徒工当然主要是要男娃，十四五，十七八岁都行，念书多少都无所谓，关键要能吃苦耐劳，脑子相对活泛些，会看眼色行事的自然更好。现在村里初中毕业甚至都没毕业的男娃也不少，想参军条件达不到，学门手艺吧又怕吃苦，所以大多都是游手好闲，不务正业，想找个勤奋踏实的学徒工也不是一件容易事。耿小芹发动各种关系，让哥哥嫂嫂帮忙找，又回到自己村里动员邻居街坊，并许下重诺：管吃管住，一个月180，干得好的话另有奖金。村里的半大小子吃得可不少，省了吃的又可以学一门手艺，这条件的确是不错的，再加上耿小芹一家在外面待了两年确实是不一样了，不光是挣了些钱，言谈举止都有些城里人的味道了，这都是让村民们有所羡慕的。第二天上午十一二点的时候，两个学徒工也确定下来了。

耿小芹带着两个学徒工先出发，扛着被褥袋子，拎着衣物包包，坐汽车倒火车再倒汽车，天擦黑的时候赶回了杨陵，耿明生和兰草夫妻则要等把手头的事情处理好了才能赶过去。耿小芹先让两个学徒娃娃都在饼子店里帮忙。天气冷了，一大早零买饼子的顾客也多起来,除去单纯买饼子的,饼夹肉、饼夹香肠、饼夹鸡蛋,陕西紧挨四川,饼夹麻辣串也比较盛行。这个摊位必须至少要有一个人随时支应着,耿小芹则开始雇人改装起隔壁的饭店。

隔壁饭店原本是经营面食的,改成羊肉泡店并不麻烦,但新店开张,重新粉刷、简单装修还是必须的。耿小芹先把原来面食馆的牌匾卸下来,换上一幅崭新的黑底烫金字牌匾,"解州羊肉泡"五个字也是专门请孙教授书写的,烫金字有金属光泽,富丽堂皇,孙教授又用的是颜体楷书,骨力遒劲,气势恢宏,很是招人眼。

果不其然,早上的忙碌劲儿刚过,耿小芹准备去打开羊肉泡店的门等候装修工人的到来,一出饼子店就看见一个戴眼镜的中年人仰着脖子盯着牌匾在细细端详。那人见耿小芹过来开门,便搭讪道:"这字写得不错,颜楷,大气磅礴!"

耿小芹笑了笑,她啥都不懂,就是觉得好看。那人指着牌匾,又继续问:"那个'解(jie)州'是个地名吗?"

耿小芹便"哈哈哈"又笑了,"师傅,那个字不念 jie,念 hai,我们那里的人都叫它 hai zhou。"

"哦,还有这么个读音?《现代汉语词典》里也不见有收录呀。"那人也笑了,"看来应该是有历史渊源的。"

"是呀是呀！"叶运平正好也忙完了手头的活，走出来透口气，他听见了两人说话，便接上了话茬，"我们家乡山西运城历史悠久，解州也是一个古老的地方，它古时候叫解梁城，是《三国演义》里关羽关老爷的老家。之所以叫hai州不叫jie州，听老人说有两个原因，一是解州在盐池的边上，那个盐池据说老早以前就是一片汪洋大海，后来造山运动地势抬升，就缩小变为盐池了；还有一个说法就是当年黄帝和蚩尤大战，蚩尤被黄帝擒获，最后就是在那里被'害'啦，因为蚩尤老家就是我们那里中条山跟前的，所以他的后人就把他死的地方叫'害'，后来觉得害字不吉利，叫着叫着，同音不同字，就变成现在这个名字了。"

"哦！"中年人看似很感兴趣，听得颇入迷，他连连点着头说，"原来有这么多典故呢。好，有历史的地方饮食也必然都有特色。"他扭头问耿小芹，"你们这饭店什么时候开张呀？到时候我一定带朋友过来好好领略一下你们山西运城的饮食文化。"

"好的好的！"耿小芹乐开了怀，这饭店还没开张，就有生意上门了，她自然高兴得很，"这不就在抓紧时间装修嘛，超不过10天就开始营业了，专门请的我们当地的厨师，欢迎你们过来品尝指导。我们解州羊肉泡有自己的特色,和西安这里的羊肉泡还是不一样的。"

中年人走了以后,耿小芹安排工人开始干活,然后立马把心中突然迸发出的想法说出来给叶运平听。她觉得杨陵这个地方虽然不大,却有诸多的高校和科研单位,知识分子挺多,有文化的人吃饭也讲究文化品味,就是来自五湖四海的打工者也喜欢吃一些实惠又带有地方风味的饭食。

典故赋予了美食更多的意义和灵魂。每一道美食都有一个独特的故事或一个美丽的传说,正是这些典故成就了一道美食的历史和文化。有些美食光是想想就让人垂涎欲滴,再配上一个特别的典故,那就更引人入胜了。叶运平好歹也是读过几年书的人,这些道理他还是明白的。耿小芹便开始在这方面动开脑子,整个饭店有两大间,除去后面搭建的小屋可以做休息间和储物间外,两大间其中一间有1/3做操作间就够了,剩下2/3她计划隔成两个包间,另外的一间全部用来招待散客。包间和大间的墙上她计划做上几个关于解州羊肉泡典故的版面,来增添一些文化气息。

典故这些东西,就是一些"古经"。村里上了年纪的人坐在大队门口,坐在老槐树下,胡天胡地谝闲时编织的,零零碎碎,断断续续,真要把它们变成图片和文字那可不是件容易的事。饶是耿小芹精明能干,对这事也如老虎吃天,无法下爪,叶运平虽然比她多读了几年书,却也是直挠头皮,半天想不出个好办法。

最后还是昝国良说:"咱们都没念过几年书,弄不来这事。文化事还得文化人来弄,我家隔壁有个姑娘就在这西北农大上学呢,人家女娃从小脑子就好得很,高三都没上就考上大学了,找她来弄这个应该没问题。"

星期天,昝国良专门把姚晓雨接到了店里。相互介绍了一番,耿小芹和叶运平才知道原来这就是姚满财的小女儿,心里直夸这老姚真有福气。姚满财的两个女儿他们都没见过,但听说大女儿就是因为长相漂亮才被农行主任的宝贝儿子聘了重礼给娶走的,那婚礼隆重得周边十村八店从来没有过的。今天见了姚晓雨,两人打心眼叹服人家老姚家的女儿就是长得好看,到底书念得多,虽然也是从村子里的农家院走出来,但说话举止一点不像村里的娃咋咋呼呼毛手毛脚,也没有打扮洋里洋气的城里人身上那股"怪味儿"。

昝国良一开始没有把事情说清楚,他也就说不清楚,有些意思他挠破头皮也想不出个准确的字眼,姚晓雨便含含糊糊地跟着过来了。到这里听耿小芹几个人一说,才知道这活儿她也干不了。

姚晓雨不好意思地说:"哥,姐,我是学理的,这些文史类的东西我也不太懂。"看见几个人满脸的期待变成失落,她想了想赶紧补充说,"不过我有个……朋友是学文的,也是咱们那里的人。他文采也挺好的,要不我把他叫过来看看?"

"那真是太好了!"耿小芹赶紧抓住这一丝希望,"也是你们农大的吗?"

"不是。"姚晓雨笑了一下,"他在西安城里上学。要是你们着急,我现在就坐车先去找他,如果一切顺利的话,下午1点多我们就能回来。我怕我给他说不清楚,让他过来当面了解一下最好了,你们看能行吗?"

"能行能行!"耿小芹从衣袋里掏出20块钱,塞给姚晓雨,"人家能亲自来那是最好不过了。只是我们活儿太忙,腾不出人手和你一起去。这钱你装上,来回坐车买票用。"

"哎呀,姐,你太客气了!"姚晓雨赶紧挡住耿小芹,"出门在外,咱们都是老乡,这点忙算啥?国良哥以前经常给我们家干活儿呢!"她边说边转身,"要是这样能行,我就去他们学校找他,你们忙你们的就行,我们尽快过来。"

姚晓雨虽然没有单独去学校找过赵洋,但是前些年的接触再加上暑假期间下雨天的偶遇及交谈,使她确信这个热心肠的大男孩肯定会帮她这个忙。果不其然,赵洋正在趁放星期洗衣服,听她说要去杨陵一趟,便把洗好的衣服一晾,没洗的衣服往脸盆里一泡,塞到床下,两人紧打紧地就搭车去杨陵。

下午1点半,两人赶到了饼子店,耿小芹捏了一案板猪肉大葱饺子正等着他们呢。一见面,赵洋就笑了,"嫂子啊,原来是你要在这里开饭店呀!"

说话间叶运平也出来了,熟人相见,店里登时热闹起来。耿小芹让叶运平陪着两人说话,自己赶紧下起了饺子。赵洋和叶运平先询问了一下各自的近况,然后就谈论起赵海了,姚晓雨则坐在一旁,静静地听两人聊天。

饺子上来了,赵洋和姚晓雨面对面坐,一人一大盘,耿小芹又给两人各配了一大碗酸汤,虾米、葱花、芫荽,香气四溢。赵洋深吸了一下鼻子,说:"嫂子你做的饭就是香,我听我哥说,原来轧花厂的工人都喜欢吃你做的饭。你开饭店生意肯定好!"

耿小芹又乐了,"哈哈,借你吉言!爱吃嫂子做的饭,就和小雨经常来,想吃啥嫂子给你们做啥。"

吃完饺子,耿小芹带着赵洋和姚晓雨来到隔壁店里,一边让他俩参观饭店的格局一边说着自己的构想。

听完耿小芹的想法,赵洋向装修工人借了一把卷尺,让姚晓雨帮着忙,量了几块墙面的尺寸,仔细地记到一张纸上。他把纸叠好装进口袋,卷尺还回了工人,又问了一下耿小芹饭店计划大致什么时候开张,说:"行吧,我回去抓紧时间,尽力赶早,不耽误你的大事。"说完告别耿小芹夫妻和昝国良等就开始返回,姚晓雨把他送上回西安的公共汽车,两人挥手告别。

耿小芹的解州羊肉泡店开张时间选在了10月14日,农历是八月二十六,属于人们认为吉利的"三、六、九",耿小芹虽然也注重老黄历的这一套讲究,但她最主要还是看中这天是个星期天。星期天单位和学校都放假,饼子供应就不需要像平时那么紧张了,时间上也就能相对宽松些。叶运平查看了那天的黄历书,上面说卯时和辰时都适宜开市,也就是开业。卯时是5点到7点,辰时是7点到9点,即使是星期天,早上饼子店还是要忙碌一阵子的,耿小芹就决定把开业时间定在了9点,那个时候基本上就可以忙完了。

14日这天,耿小芹和叶运平凌晨三点就起来了,到了饼子店里和昝国良、学徒工一道先把早上要外送的饼子打好、装毕,早饭一做众人吃完,然后昝国良和一个学徒工分头外出送饼,叶运平在店里守摊,耿小芹带着另一个学徒工去羊肉泡店里收拾。羊肉泡店也是刚装修完毕,耿小芹还没有顾上仔细整理,哥哥耿明生和嫂嫂兰草是前天下午到的,昨天早上他俩把操作间方方面面角角落落拾掇了一番,下午叶运平带着耿明生到市场上将各类用具、调料原料大大小小买了个齐全。耿小芹和学徒工过来的时候,睡在店后面屋子的耿明生和兰草也早起来了,四个人把大间和两个包间齐齐打扫了一遍,桌椅擦拭干净,摆放整齐,忙碌间有太阳光斜射入店内,外面已是亮堂堂了。

耿明生夫妻用抹布在擦拭店门和上面的牌匾,耿小芹让学徒工把鞭炮堆放到店门口,自己则里外转一转,看看还有什么不妥的地方。门口就等叶俊萍一会儿过来张贴孙教授写的对联了,店里面的墙上粉刷得白白净净,却不知道赵洋能不能按时地把做好的东西拿过来。虽然现在是一个村子的人了,但耿小芹对这个赵海的弟弟还不是很熟悉,因为赵洋一直在外上学,但叶运平却信誓旦旦地说:"没事的,人家既然敢答应,就应该能办到的。"他对赵洋还是了解的。

7点半左右,叶俊萍提着装有对联的袋子匆匆赶了过来,耿小芹把打好的糨糊给了她让她张贴,自己盛了些饭菜去送给婆婆和孩子。叶运平趁着不忙过来帮妹妹,虽然手有残疾,但干这些细碎活儿他还是很利索的,贴好后,又小心地把各个边角按实,然后远走几步,细细地端详看贴得咋样。

上联是"品河东历史饮食文化",下联是"尝解州传统风味泡馍",横批是"心身俱惠",用的是欧体楷书,平正中见险绝,规矩中显飘逸。叶运平并不懂得书法,耿明生夫妻更是大字难识半箩,但都禁不住点头叫好。

8点钟的时候,姚晓雨结束了晨读返回宿舍,昝国良已经给她说了好几次让她今天过去吃饭,耿小芹有一次替昝国良给学校餐厅送饼时也专门邀请了她。姚晓雨决定去得早一些,帮人家干一些力所能及的活儿。刚出了校门,姚晓雨就看见赵洋扛着几块牌板远远地一路疾走过来,她赶紧跑上前去。赵洋看到她,抹了一把脸上的汗,笑着说:"你来得正好,帮我把这两个小的拿上。这东西重倒不重,就是太大,不好把握住。"

姚晓雨把两个小的牌板接了过去,泡沫板做的,的确不重。两个人一边走着,赵洋说,他早早就起来了,坐的是第一趟车,第一趟车拉人就不少,磨磨蹭蹭到杨陵就快8点了,下了车,倒有人愿意连人带货送他,但是要2块钱跑腿费,他想了想时间应该还来得及,便决定还是自己扛着去,却没想到这牌板大大小小的并不容易搬运,幸亏在这里碰见了姚晓雨。

耿小芹早已把斧头和钢钉准备好了,站在门口不住地张望。两人到了跟前,赵洋把牌板一一展开让大家看。四个大牌板是给羊肉泡店做的,外面的大间两块,两个包间各一块,以深褐色相框材料镶边,全是宣纸黑字,图文相配,图是简练的写意中国画,字是唯美古典的隶书。大间的两块,一块是解州的历史渊源,从《梦溪笔谈》"轩辕氏诛蚩尤于涿鹿之野"到《战国策》"秦败魏师于解",还有《警世通言》中"赵太祖千里送京娘",再加上李世民钦定"五龙峪",把解州的前生今世说了个透,配图则是解州城最早的格局一街十三坊,南倚中条山,东望硝池滩,关庙在城西,孔庙在城东,街面都是单门独户,秦砖汉瓦,大街门面用栅门隔开,栅门一除,当街一摆就是柜台。坊间街上人来人往,川流不息,车水马龙,好不热闹!另一块则是关于解州羊肉泡的典故,把庚子年慈禧太后从北京逃往西安的路上途经解州不忘享用一顿羊肉泡的传说也加在其中。包间的两个牌板一个是关于解州关帝庙,一个是关于运城盐湖,俱是图文并茂,寄情于景的写意画配上古朴端庄的隶书,装帧在粉刷雪白的墙壁上,立马让人眼前一亮,感觉一股新鲜的气息扑面而来。

另外两个也就是姚晓雨拿的小牌板,则是彩色打印的,也是有图有文,却是给饼子店准备的。赵洋建议把它们挂到店门的两侧,因为主要是介绍两种饼子的来历。一种是叫做"后稷饼"的半圆饼,传说后稷教民稼穑,他像把一个圆饼一分为二成两个半圆饼一样把百谷种子一分二、二分四、四分八……地传授给了黎民百姓,人们为了感恩他,就把这种最先出现在稷山的半圆饼叫做"后稷饼"。后稷虽然生于山西稷山,但他母亲姜嫄出生地有邰却属于陕西,也就在杨陵附近,后稷曾在杨陵一带教民稼穑,西北农业大学还有其他农业科研机构在此地设立,与当地悠久的农耕历史不无关系;还有一种三角油酥饼叫"姚暹饼",则与隋朝的都水监姚暹有关。姚暹当年率领民众修浚保护盐池的永丰渠,因为土石混杂没有合适的工具挖掘,工程进度缓慢,这让姚暹异常苦恼。一次吃饭时,偶尔看到这种三角形的油酥饼,他灵光突现,想出了一种改进工具的方法,以往的挖掘工具像镢头是上窄下宽,碰上土石混合的地层很不好使用,但如果能像三角饼一样上宽下窄,那挖土刨石就省力得多。于是他下令让铁匠大量打造这样的工具,果然使工程进度增快了好多。后人为纪念他的功劳,把给他带来灵感的三角油酥饼就命名叫做"姚暹饼",把他发明的挖掘工具叫做"姚镐",据说现在通用的"洋镐"也很大程度上参考了它的原理。

羊肉泡店的四个牌板自然没得说的,这两个彩印的小牌板挂在饼子店门口也相得益彰,饼子店没有装修,门窗颜色五花八门,和色彩丰富的牌板很是搭配,更引人注目。饼子店的顾客更多的是一些诸如农民工之类的社会最底层劳动者,他们在买饼子的同时,也可以通过阅读后稷和姚暹辛勤耕耘艰苦创业的故事激励他们的意志,在这片蕴含着无限生机的土地上用心血和汗水来实现他们所憧憬的梦想。

尽管是兵临城下、火烧眉毛的时候才送到,但总算没有耽误大事。耿小芹对这几块牌板都很满意,她虽然对绘画、书法不甚了解,但也能感觉出这从搜集材料到书写绘画再到装裱,肯定要花费不少工夫、不少钱的,她一边道着感谢,一边掏出100块钱要塞给赵洋,赵洋赶紧拦住了她。

"嫂子,这可使不得。你和我运平哥新店开张,我送份贺礼也是应当的呀!"

耿小芹还是要硬给他,"这个道理我知道。可是这从材料到人工,肯定要花费不少的,你一个学生娃又不挣钱,嫂子还能让你这么破费?"

赵洋笑笑,"文字是我整理的,不花钱。书写绘画和材料是让我们学校艺术社团的同学帮忙弄的,也没花几个钱。我们学校搞勤工俭学,我每月都有固定收入,也能挣钱的。真的没事,嫂子!"

耿小芹仍然不依不饶,叶运平过来拍拍赵洋肩膀说:"小芹算了,谁让洋洋是赵海的兄弟呢?赵海的兄弟就是咱们的兄弟。不过洋洋,以后要勤来杨陵,来了就和小雨到这里吃饭,至少每月要保证一次。"

"对!对!"耿小芹像是突然醒悟了一样,她看了姚晓雨一眼,笑着说,"你运平哥说得也对,这钱你不接也罢,但是要经常和小雨过来。你要是不过来,教人家小雨姑娘一个人怎么过来呢?"

赵洋有些蒙,他不明白他来不来跟姚晓雨有啥关系,姚晓雨应该比他更早熟悉这里呀。他侧头瞟了一下姚晓雨,姚晓雨这次却没有和他对视,而是飞快地把头扭了过去。赵洋看见她脸上红扑扑的,不知是因为干活张结(方言:忙碌)的还是……

吉时已到,鞭炮乍响,耿小芹的解州羊肉泡店红红火火开张了。前来道贺的人虽然不是很多,但仍然热热闹闹。吃完饭后,客人陆陆续续散去。看见一时半会儿没有啥忙碌的事了,赵洋起身告辞,耿小芹、叶运平托付姚晓雨送送他。

时间才过中午,回西安尚早,姚晓雨便邀请赵洋去她校园里转转。西北农大作为农业类院校,校园风光自是不错,赵洋也早有耳闻,前半年王红雷和李百灵还专门过来找过姚晓雨玩呢,只不过赵洋当时有事没能脱开身。

西北农大颇有历史,最早是创建于1934年的国立西北农林专科学校,国民政府资助所建的3号教学楼至今依然挺立,古朴雄伟。姚晓雨知道赵洋喜欢研究文物,便专门带他参观了一番。

看完了3号教学楼,两人便在校园的甬道上随意走,小路碎石铺就,曲折幽静,道旁树木葱茏,遮天蔽日。10月的天气,晴朗的中午还是有些热的,尤其是两人刚经历了饭店开张的喧闹,但步入此间,却能感到格外地清爽。

赵洋张望着四周,说:"不知怎么,我一看到这个环境,就不自觉地想起了姚逼渠。姚逼渠上也是这样的郁郁葱葱,小路也是这样的曲径通幽,虽然修整得没有这么好看,但大热天走在里面一样的清凉无比。"

"嗯!"姚晓雨点点头,说,"我也有这种感觉。每逢想家的时候,我大多都会一个人来到这里,静静地坐上半天,然后看书、学习。高考前我就在姚遑渠的树林里坐过一个下午,那种静谧的环境里思考问题特别有效果。"

"要是再有一把脆甜脆甜的酸枣吃着,是不是做题效果就更好了?"赵洋笑道。

"那个时节哪有酸枣?"姚晓雨白了他一眼,摇摇头说,"我这人不行,一吃东西注意力就不集中了。不过,"她顿了一下继续说道,"以前虽然咱就是农民,可农业知识一点都不懂。来到西农,才真正了解了不少农业。就说姚遑渠上那漫坡遍野的酸枣吧,其实酸枣营养价值极高,具有养肝、宁心、安神的功效,对于心浮气躁压力大的高考学生挺有好处的。李百灵学中医,她也说酸枣仁是极好的中药材,'熟用治不眠,生用治好眠',富含维生素,醒脑清神。"她浅浅一笑,"可惜我没有这个福分,高考前没有酸枣可吃,要不,也许我还会考得更好些……"

第四章

5

当农业院校的大学生姚晓雨在谈论酸枣重要作用的时候,她那位地地道道的农民父亲姚满财也已经在关注这个问题。

农历八月,时节已是中秋,晋南农村的田野早呈现出一派丰收的景象。要是搁在前两年,这会儿姚遢渠边的轧花厂肯定是机器轰鸣,人忙车乱了。姚满财也不知会在哪里张结不停呢,那段日子他常常是每天能按时吃上一顿饭就不错了,不过他也不饿,因为有心劲。

但此时的姚满财,却是闲得有些慌。刚才自己胡乱做了点饭,却没有胃口,吃了几口便撂下碗筷,也无心收拾,拉上了厂大门,"吧嗒吧嗒"着旱烟袋,有一步没一步地迈上了姚遏渠。

晴空万里,秋高气爽,视野辽阔,能见度极好。放眼渠南渠北,田地里不乏匆匆忙忙、紧紧张张的农民,但他们忙着收获的是秦冠、红星苹果,更多的是玉米或者油葵。玉米和油葵都可以在小麦收割以后回茬种,除去间苗和浇灌,再不需要其他管理,省事多了,如今玉米收购价也一路看好,今年的新玉米听说已经涨到8毛钱了,玉米产量也可以,一亩地算下来净收入比棉花强多了。老百姓种油葵主要用来榨油,姚满财的榨油设备倒是也能榨油葵,但是还是不如别人新出的全自动螺旋榨油机好用,所以来他这里榨油葵的农户三三两两、时有时无。棉花就更不用说了,棉田的数量年年减少不说,自1985年起国家取消棉花统购制度,去年1月8日再次调整棉花收购政策,使收购棉花方式的灵活性大大增强。许多和供销社有关系的"能"人,自己筹集资金,驾着车辆走村穿巷,直接上门收购籽棉。家有棉花的农民省力又省事,他们再也不用去供销社的采购站低声下气地说好话央人了,在自家门口底气足也可以讨价还价了。收购的人明知"上门的生意难做"还乐此不疲,也肯定是有利可图的。双方都各得其利,唯独苦了姚满财。

姚满财蹲在一块石头上,又点着一锅烟,这一阵子生意淡了，纸烟也舍不得抽了，可不是嘛，人家门房老张头都觉得清冷，请假回家忙自己的地里活儿了，剩下他来看守大门了。姚满财那几亩地这几年总是全部种小麦，这不才秋分，还没到播种时候，种得过早了气温高容易出现旺长，到时候越冬还是个问题。所以姚满财先把这事搁着，计划过了八月十五再说。

他现在满脑子都在想如何把这两个厂盘活。李旭林现在是彻底不管这两个厂子了，让他自负盈亏。好的是目前厂子并没有什么债务，场地是李旭林家的责任田，不会有人来讨要租金，但这么一大堆机器设备闲着，一大片厂房空着，姚满财还是觉得心疼。

装了一锅烟丝，姚满财也没舍得按瓷实，两三口下去就全变成了灰，他咳了两声，把吸进肚里的烟全部喷了出去，决定不抽了，便把烟锅在石头上磕净，抬眼望向远处，面前的烟雾还没有散尽，胡乱缭绕着宛如他乱糟糟的头绪。

远处传来自行车的响动，一个中年人从东边树丛间的小路上窜了出来。他把自行车停靠在树跟前，解下系在手把上的草帽扣在头上，然后从后座上拿出两样东西，一样是一根两三米长的竹竿，拇指粗细，另一样也是一根竹竿，明显粗了些，像小孩子的胳膊一般，前端固定了个用铁丝撑开口子的少半截编织袋。那人把袖口裤腿都扎紧,又戴了双帆布手套,拎着两根竹竿顺着渠坡一步步往酸枣丛中走。姚满财眼不转地盯着他,看他到底想干啥。

那人下到一处枝头酸枣稠密的地方,停住脚,先把有编织袋的竹竿伸到较远的人不便过去的枣枝下,袋口朝上,然后用另一支细竹竿开始不停地敲打枝头的酸枣,通红的、半红的、没红的,大大小小的酸枣随着碎叶都一起跌落进编织袋里。打完一处的酸枣,那人小心地移动粗竹竿,把编织袋换到另一处果实繁多的地方继续敲打。等到竹竿头的编织袋酸枣差不多多了,那人就收回来,倒进随身带的一个稍大的编织袋里,如此反复。

姚遑渠面南的坡上,年年都可以见到摘酸枣的人,男女老少,并不稀奇,但是像今天的这个人却是少见了。撇去偶尔解解嘴馋的小孩子不说,就是抽些闲工夫摘些酸枣卖点零花钱的人也不是这样的摘法,这一顿竹鞭打下去,好的坏的、饱满的瘦干的连同杂枝碎叶都混在一起,挑干拣净也是件麻烦事,何况这几年田间的瓜果也多了,就连小孩子也不怎么过来摘酸枣了,枣刺扎人不说,还有碰上土蜂的可能。

但看这个人的阵势,显然是一个专门摘采酸枣的人。厚实耐扎的长袖衣裤、大草帽、帆布手套,装备齐全,如此煞费心思,却不分青红皂白地乱打一气,好赖全收。这种做法姚满财就不太明白了。

趁那人打完了周边的酸枣,夹着工具提着编织袋爬上渠顶重新找地方的当儿,姚满财起身走了过去。

"呵呵,摘酸枣呢?"

"是呀!"那人见有人搭话,便趁机停下来歇一歇,"瞎屎胡跑呢,前几天在东头城跟前(姚暹渠在运城城区穿城而过)那片转悠,那块没有这块酸枣多。"

"像你这样拿竹竿随意打,枝枝叶叶都搅混在一起,回去挑拣不嫌麻烦?"

那人笑了,"这不用咱操心,拿过去就直接卖给加工厂了,人家有办法,用机器挑拣,三下五除二就弄干净了"。

"哦,还有专门加工酸枣的工厂?"姚满财登时兴奋起来,他在衣袋里摸索了半天,终于掏出了那盒还剩8根半纸烟的万宝路,这还是半年前李旭林从广州回来到厂里转时新打开的,当时抽了两三根便随手丢在了门房里,几个月来,见亲家王秉禄时各抽了一根,去镇政府办事散给人了五根……前几天在村里大队门口碰上了杨康来,又各抽上了一根(当着别人的面自己不抽也不好看),幸好杨康来有急事,没谝上几句拔腿就走了,他便赶紧把抽了一半的烟掐灭,小心地装回了烟盒。

今天这可是个重要信息,姚满财便把烟盒又拿了出来,虽然时间很长了,但他平时放在上衣口袋里,细心保存,烟盒外壳仍然平整光滑、熠熠闪光。他快速地拈了一根出来,递给摘酸枣的人,"抽支烟,谝谝。你说的加工厂在哪里?就是专门加工酸枣的?"

看见姚满财掏出的烟盒,那人明显愣了一下,仔细看了看姚满财。姚满财这几年虽然忙里忙外,操心不少,但毕竟不咋干农活,再加上多多少少念过几年书,又在生产队里干过会计,不能说是"腹有诗书气自华"吧,但多少还是和整天在田地里干活的农民有些区别。那人脱下手套,接过香烟,又细细端详了半天,用手指捻了捻,放在鼻子下猛地吸了一下,才"嘿嘿"地笑了一下,说:"我这也是给别人收的。那个加工厂在山南,芮城那边,是不是专门加工酸枣我就不知道了。你要是感兴趣可以过去看看,从解州翻过山,应该是在陌南和平陆洪池交界的地方。"

和那人聊了半天,人家又找地方继续打酸枣了。姚满财回到了厂里,绕着各个车间慢慢地又走了几圈,到天黑的时候,他终于下定决心,亲自去中条山南边的芮城实地了解一下情况。

第二天,姚满财把自己那辆骑了多年的自行车骑回家,换上了云云结婚时才买的新自行车,又专门到龙居镇上让修理铺的人整修了一番,前后闸皮全部换成新的。离开龙居回厂里的时候,又到打饼子的铺子里买了4个烧饼装在自己的黑皮革包包里,那里面已经有四五个苹果了。回到厂里,姚满财胡乱吃了些东西早早就休息了。

天还没咋亮,姚满财就醒来了。他烧了半锅热水,先给水壶里灌满,拧紧盖子,装进皮革包包里,然后用剩下的热水做了两碗面汤煮馍,就着昨晚的咸菜,美美地吃了个饱。收拾好东西,东方才透出一点亮光,姚满财推出自行车,鼓囊囊的包包挂在前把上,又把大黑狗的铁链解开,最后锁上厂大门。

出发。

到达解州的时候6点左右,路过部队营房,还能听见里面传来整齐有力的战士操练声。虽然正是上坡路,但姚满财仍然被这声音所激励,他觉得两腿生风,踩着脚踏,带动自行车"呼呼呼"地往上窜。

解州到芮城陌南镇的直线距离也就二十来里,但是中间一座中条山阻隔,使两地往来很不便利。两地之间有一条盘山公路,据说还是40年代日寇征用当地民工所修,运输过军用物资,新中国成立后也曾整修过,但仍然是曲折蜿蜒,尤其是山北解州这边,坡度大不说,有好几处还是180度的硬弯,完完全全的"S"形。姚满财骑车上到解州磷肥厂处已是气喘吁吁,两腿发软,上山的路他只能一直推着走,偶尔还有载重的大车从身旁"哼哧哼哧"地晃过,带来沙土飞扬扑面,吓得姚满财只得紧贴着路边的山壁小心翼翼地行走。

8点多的时候才终于爬到了山中腹地,路况平坦了好多,姚满财找了处凹地停下来喘喘气。上山路就是费劲,早上的两碗面汤煮馍早变成屁给放光了。姚满财取下皮革包包打开,吃了两个苹果、一个烧饼,水壶里的水还有热度,他一口气喝了小半壶,顿时觉得全身上下新生出不少劲儿来,于是整理好东西,跨上自行车,继续前行。

下山的路相对平坦了好多,也没有那么多硬弯,但姚满财仍然不敢大意,双手紧捏着前后闸,两只鞋底轻擦着地面,以防有突然情况。即便如此,速度还是快了好多,10点钟光景到了芮城县陌南镇。

陌南镇算是个大乡镇,自古以来就是平(陆)芮(城)解(州)灵(宝)的交通枢纽、水旱码头,与平陆县的洪池乡相隔一条深沟大壑,据说这就是历史典故"虞芮让畔"的发生地。这里土肥物富,地平垄直,尤其是到了春季,野花烂漫,蝶飞雀舞,村村庄庄全在绿树掩映之中,自然也是便于野酸枣漫散生长的广袤塬地。

姚满财连问了几个路人,终于弄清了加工厂所在地,是在一个村子后面的大场子里。临近厂子,姚满财正思索着该如何开口问询,门口的一只大黄狗朝着他"汪汪"地叫了起来,不过狗被一条链子拴着,姚满财并不害怕,径直走了过去。

一个老头从门房的窗户上探了一下头,骂道:"该死呀,吃得饱饱的,还咬什么咬?"大黄狗摇着尾巴,蜷缩回去了。姚满财进了厂子,撑好自行车,掀开门房的帘子,问:"师傅,打扰一下,问个事……"

"没空没空,不看正忙着,一大堆单子还等着我往一块儿加呢。"老头头也不抬,伸着一根粗短的手指头正在一个电子计算器上一下一下地戳着,"这啥破玩意,还叫什么计算机?难用死了!"正嘟囔着,趴在桌子边的小男孩喊道,"爷爷,你又一下就按了两个数字。"

姚满财咳了一下,说:"老哥,这个电子东西咱们这年龄用不来,还不如用你旁边那个算盘。"

"你说得倒轻巧,算盘多少个珠子我都不知道呢,哪还能会用。要不是我这龟儿子催得这么急,我才不揽他这活儿呢!"老头气呼呼地嘟囔着,一把抓过算盘横到姚满财面前,"看来你是会用这家伙?"

姚满财笑了一下,说:"这好说,我反正也没急事,我来帮你汇总。"

老头有些惊讶,但上下打量了姚满财一番后,觉得还是要比自己多些知识分子的模样,便站起来让开位子,嘿嘿笑着说:"那真是太……麻烦你了。狗蛋,去给这个……爷爷拿几个苹果过来。"

"不用不用,这么简单的事。"姚满财翻了一下那堆乱七八糟的纸片,上面都是用圆珠笔潦草地写着××斤,边上有的写着4毛钱,有的写着5毛钱。小男孩说:"我爸说把每张纸片上的价钱都要算出来,还要总共算出多少斤、多少钱。"

姚满财说:"我知道了。"坐到桌子前,挺直腰板,抓起算盘,"哗哗"两下,整齐了算珠,左手操盘,右手拿过圆珠笔放在那堆单据边,手指飞舞,算珠叮当,每算出一张右手便提笔在上面一标记,放到一边。两手互动,配合密切,三四分钟时间,告罄。姚满财又复算了一遍,核对无误,旋即汇总,总共下来也就是七八分钟。

爷孙俩都瞪大了眼睛直发愣。

姚满财把那些票据收拾整齐,用算盘边沿压住,说:"一共是136张票,4毛钱的65张,5毛钱的71张,总共是2524.75块钱,5318斤。你们看对不对?"

"对着哩!对着哩!!"老头一张嘴乐得合不拢,半晌,向外探了一下头,压低了声音说,"你是国家干部吧?算盘打得这么精!"

"国家干部?"姚满财摇摇头,苦笑了一下,心中掠过一丝悲凉。年轻的时候,成为国家干部曾是他的梦寐以求,可是现在他已经不再幻想了,但是珠算却一直是他的骄傲。十几年前,龙居镇还叫西张耿公社(1955年12月27日,毛主席在《中国农村的社会主义高潮》一书中,曾对西张耿农民技术夜校作出高度评价,1977年龙居公社改名西张耿公社,1980年又恢复龙居公社名称)的时候,曾经组织各村的财务人员进行过业务比武,他的珠算稳稳地拿了第一。上学时候,他的数学从来就挺可以的,李茂林好多次还考不过他呢。

唉,好汉不提当年勇,那都是些陈年往事了。现在这社会,科技发展飞速,电子计算器的出现,让算盘已逐渐失去了用武之地,让精于算盘的人也逐渐失去了用武之地!

姚满财坐下来,他觉得还是不要让对方知道他来这厂子的目的为好,便故意问道:"老哥,你这么大一个厂子是经营啥咪?这么多单子,看来业务量也挺大的。"

"哦!"大难题解决了,老头心情也好了,专门递过来一个苹果,姚满财也正是口渴,包里的苹果不多,刚才有些渴都没舍得吃,现在也就不客气接了过来。老头也"咔嚓"啃了一口苹果,接着说,"我大儿子在这厂子里加工酸枣,单子都是平时别人送过来酸枣记的账。我呢,老啦没用,就在这里给人家照护着大门。这两天他有事,叮咛我把这几天收酸枣的账整理一下。"

"是吗?酸枣都能卖四五毛钱?"这回姚满财是真吃惊了,刚才他还以为是其他材料的账呢。在他印象中,又大又红的酸枣在集会上也不过一两毛钱一大洋瓷碗,那肯定都有一两斤呢。看来这加工酸枣真的挣不少钱。

"这是枝枝叶叶混搅在一块儿的价钱,要是挑拣干净的,价钱更高。"老头嘴皮一扬,露出一颗大黄牙。

"好家伙!"姚满财叹了一声,"这主要是把酸枣加工成啥?花这么大的本钱。"

"酸枣仁呀!"老头瞥了姚满财一眼,似乎觉得他没有刚才那么神圣了,"你不知道酸枣仁吗?好中药哪!"

"酸枣仁做中药我知道,可是制作过程难道不麻烦,咱们村里就能加工得了?"

"哈哈!"老头乐了,他终于找到了自己的优势。挺起了腰板,老头咳了一下,说:"加工酸枣仁其实也没有多难。这个我很清楚,主要就是分三步:第一步,把酸枣晒到半干,放到咱们水瓮里泡上四五天,把酸枣肉泡稀泡松,然后把酸枣肉去掉,取出枣核。第二步,把枣核晒干放到电磨上去磨,磨完后用筛子把仁和碎皮筛出来,然后再放入水瓮里用水淘,酸枣仁轻,就会漂浮在水面;碎皮较重,就沉下去了,然后用笊篱把酸枣仁捞出来。最后把酸枣仁晾到外面,晒干晒透就行了。当然,要像那些枝枝叶叶混杂的,还要用扇车先把枝叶吹干净才行。"

"哦!"姚满财点着头,"这加工一斤酸枣仁大概需要多少斤酸枣呀?"他一步步地了解着自己想要的东西。

"一般是五六斤酸枣出一斤核,然后5到7斤酸枣核能出一斤酸枣仁,这要看酸枣的好赖。我干这也有些年头了,只是咱们是小打小闹,规模不大,设备也不行。人家大地方加工机器都好几种呢,脱皮机、去核机、筛选机什么的,家伙齐全了,省劲、速度快,产出也高,还是划得来。酸枣仁不愁没人收,价钱美得很呢。说到底,咱们还是没有钱投资,要不早就发了。"

回到自己厂里的时候,已经是晚上8点多钟,天早黑透了。好多年没有骑过这么长距离的路,又是山路,姚满财明显感到体力不支,剩下一个烧饼凉了,也干硬了,他把它扔到一边,把最后一个苹果吃了,又把水壶里残余的凉开水灌进肚子里,靠着床板上的被垛躺下来,两条腿又胀又痛,他就那样吊着,懒得动。

但他的内心却是异常的兴奋,熊熊燃烧的火苗在他的体内四处穿梭着,他能感觉出自己的脸都在发烫。该到了他拿定主意的时候了,虽然没有人撺掇他,更没有人帮助他。

但姚满财还是下定了决心:换设备,办酸枣仁加工厂,全套流程都用机械。要办就办个像模像样的,这个社会,谁的技术先进,谁就能抢占市场先机。

第二天,姚满财又早早地醒来了,虽然两腿酸疼,他还是强挣扎着起了床。昨天一天没咋好好吃饭却并觉不得咋饿,但姚满财还是做了面汤煮馍,就着咸菜吃了一碗,因为今天还要继续跑路,没有体力那绝对是不行的。

吃罢饭,他找来白报纸,用毛笔写了几张出售轧花设备的广告,准备一会儿在龙居、金井等几个大村子及交通要道上张贴一下,趁这些机器还没完全过时赶紧想法出售了换些钱(他以前也和李旭林商量过好几次了,李旭林也同意他卖），但这设备不是一时半会儿就能脱了手的，远水难解近渴，买设备的资金还得去找亲家王秉禄。

从其他地方过来到了金井村的时候，姚满财计划先找王秉禄商量一下贷款的事然后再贴广告，因为再有一个多钟头就到吃午饭的点了。现在结成亲家了，又是到了金井，说什么王秉禄也不会让他管饭的，但是姚满财也不想吃王秉禄的饭，王秉禄的午饭，烟酒不可少，陪客不可少，一顿饭没有两三个小时是结束不了的，姚满财不想在这上面耗费精力和时间，他也没有这么多精力和时间，他只想速战速决，尽快地搞定贷款事项，然后回去再谋划其他的事。

到了大街上的农行营业部门口，看门的老头正在和别人谝闲，看见姚满财，立马起了身打招呼，"呵呵，姚厂长，过来啦。好几个月都不见你啦！"姚满财停住脚步，向他问起王秉禄，老头说王秉禄可能家里有事，早上来这里转了一趟就回去了。

那就去他家里找吧，反正好长时间都没见到女儿和小外孙了。姚晓云这几个月不知是有了孩子行动不方便还是咋的，也不肯回娘家，其实即使是回去了姚满财也见不着，他现在彻底是以厂为家，杂七杂八大大小小的事情让他整天也像当年的大禹一样,"过家门而不入",就算偶尔进屋一趟,也待不了几分钟拔脚就得走。

　　到了王家门口,大红的铁门上却上着一把大锁,这可是从来没有过的事呀!姚满财正在疑惑间,租占王家临街房的杨婶从其店铺里出来,说:"云云她爸,你来啦。今天一大早胎娃又是不合适了,好像还挺厉害的。她公公找了一辆车,一家人都去地区医院了。"

　　"是吗?"姚满财吃了一惊,孩子身体不太好,时常不合适,这他听老婆高淑梅说过。小娃嘛,都是这样的,过了3岁慢慢就好啦,他这样给老婆宽心过,但是今天这么紧急地送往地区医院,难道是突然加重了吗?

第四章

6

孩子是父母的心头肉,是父母一生的牵挂。多年来,为了支撑这个家,为了能让母亲、妻子还有两个孩子吃饱穿暖,活出个人模人样,姚满财是绞尽了脑汁想尽了办法,折腾完这个折腾那个,多少个日日夜夜就没有消停过,在两个女儿的成长上可以说就没有操过心。小女儿小雨还算争气,念书一路顺利不说,高二年级就考上了西北农大,这在整个运城都是少有的,的的确确给姚家长了脸面,也了却了姚满财抱憾多年的大学夙愿。唯独让姚满财心中充满内疚的就是大女儿云云。大女儿虽然没有小女儿脑子那么聪明,但自小就乖巧、听话、懂事,小小年纪就会干家务活儿,知道为父母分忧解难。

自云云结婚后,姚满财因为忙于厂里的事,并没有多见过女儿,虽然他不清楚女儿的婚后生活,但毕竟是他从小看大的孩子,他知道王伟及他一家人不是云云喜欢的类型,因为他也不喜欢那种类型的人。作为好歹读过几年书又经历了半世沧桑的人,他心里也明白,婚姻的幸福不仅仅取决于金钱,可是,当初也是实在没有办法的事情啊!

亲情的牵挂是一种血缘的牵挂,是与生俱来的,是无法剪断的,而这世界上还另有一种牵挂,虽然没有血缘却更浓于血缘,它比亲情的牵挂更热切,更牵肠挂肚,更让人无法割舍。

那就是赵洋对姚晓云的牵挂。

古都西安的第一场雪早已消融在天地间,但雪中那如梦般相逢和相聚的悸动仍时时激荡在赵洋的心胸,他无数次地问过自己,这是不是真的?这是不是真的?因为除去一抹淡淡的唇香之外,姚晓云并没有给他留下什么,就翩若惊鸿地消逝在茫茫雪中,随着一声汽笛长鸣再也无法望见。

但是,他还是清清楚楚地记着每一个细节,她的一言一语,她的一颦一笑,她溢满柔情的双眸,她乌亮修长的秀发,还有她偶尔凝重一脸忧郁的神态。他知道,她肯定有满腹的心事,却无法给他说,也不愿意让他知晓。可是,那怎么能行呢?

告别了姚晓云的日子里,赵洋的心每每被这些问题萦绕着:她为什么会在这大冷的天气里一个人来到西安?她为什么只字不提她现在的生活?她为什么……赵洋内心充满了疑问,却苦苦不得其解。他曾写了一封长信询问姚晓雨,但姚晓雨也不知道答案,她也想知道答案。姚晓雨说由于父亲整天忙得不在家,母亲和奶奶看不懂信更不会写信,她很少给家里写信,和姐姐通信虽然能多些,但姐姐每每都是询问她的学习情况、生活情况,谈起自己总是以"差不多吧,还可以"之类的简单话语含糊带过。她知道姐姐不愿提及自己的婚后生活,便也不多问及。那天姐姐找到她时已经11点多了,她和姐姐吃了个饭,在校园里散了会步,没聊多长时间,姐姐就让她带路,过来找他了。回到运城后,姐姐给她写了封短信,说自己平安到家,让她专心学业,不要牵挂。

赵洋就在忐忑不安中静数着日子,他决定放了寒假后回到家一定要想办法再见姚晓云一次,详细了解一下她的情况。

大二学期的课程仍然不少,特别是从1987年开始,国家教育部在高等学校中实行大学英语四、六级标准化考试,大学英语四级考试(CET-4)也成为本科生拿到学士学位、顺利毕业的关卡之一。前面已经叙述过,赵洋的英语底子相当不好,尤其是听力,而CET-4的听力部分就占20分,这让赵洋感到压力颇大,必须要静下心来认认真真地下功夫了。

一旦有事要做忙碌起来,日子过得也就飞快。赵洋甚至都没有感觉就过了元旦,还是有一天他在图书馆里看报纸,突然看到《中国青年报》的右下角刊登出台湾女作家三毛于1991年1月4日在荣民总医院自杀身亡,才发现时光已进入新的一年。对于三毛,赵洋是很熟悉的,她是一位极富才华又特立独行的奇女子,她的文字里总是流露着柔美和细腻。

> 记得当时年纪小
> 你爱谈天我爱笑
> 有一回并肩坐在桃树下
> 风在林梢鸟儿在叫
> 我们不知怎样睡着了
> 梦里花落知多少

这一首《梦里花落知多少》最是让人难忘,因为一读起它,赵洋便会想起姚晓云,便会忆起那段宛然如昨、恍然如梦的解中岁月。

1990年的阴历因为闰了五月,所以辛未羊年的正月初一来得比较晚,已经到了1991年的2月15日。大学的考试时间战线总是拉得很长,1月20日,陕西财经学院就进入了期末考试阶段,洋洋洒洒地一直到月底赵洋才考完最后一门。

就在舍友们都四平八稳地躺在床铺上,开始思索回家事宜的时候,班上一位同学从班级信箱里取回了这几天积压的信件,其中有一封是给赵洋的,还是份电报,他赶紧扔给了赵洋。

谁会给他发电报呢?赵洋疑疑惑惑地掏出电报单子,寥寥几个字,他一扫之下,立马变了脸色。

"姐 病 危 若 方 便 早 回 相 见 雨"

第四章

7

　　深冬的姚暹渠草木一片枯黄,横七竖八的枝丫间叶子早已零落殆尽,一丛丛茅草残枝筑就的老鸦窝便突兀显眼起来,昔日被繁枝茂叶遮掩的小路也广阔悠远了,只是没有了浓荫的照映,显得格外清冷寥落。唯独漫坡的酸枣丛中,还有几颗果实悬挂在枝头,虽然通红得耀眼,远远就可以看见,但在这大地一片萧条的时节,有谁会来这里关注它生命中最后的灿烂呢?

　　面南而望,远远近近的景物都静静地蛰伏着,与往日没有什么不同,只是在发白的日光之下,我们能清楚看到,轧花厂旁姚暹渠边的高地上,多了一个崭新的坟茔,小小的灵幡斜插在坟头,白色的纸带在寒风中左右摇曳,呜咽有声。

赵洋像一根木桩一样伫立在坟茔前,手里紧握的是姚晓雨转交的姚晓云写给他的信,上面早已是泪痕斑斑。

"我不知道是否还有再见你一面的机缘,但我心满意足了,因为我已经见到了大学的样子,见到了成为大学生的你……"

厚厚的信纸有十数张之多,详详细细地解答了赵洋心中所有的疑问。

生下儿子的姚晓云,虽说是了结了自己的一桩心事,但也给自己带来了无尽的烦恼:学校这几年肯定是去不成了,再听不到有活泼可爱的小学生甜甜地叫她"老师"了。孩子的出生,也使她内心深处的母爱一天天地发酵、膨胀、释放,她决心用全部的温柔来呵护这个小生命的成长,可是,她很快发现她有些力不从心,孩子太爱哭了,还是那种声嘶力竭的哭,那哭声一响起就让她心肝俱碎,问遍乡镇上的医生都说不出个所以然。父亲说小孩爱哭是正常的,公公婆婆也说是正常的,因为他们都没有陪她和孩子一起熬过夜。王伟一听孩子哭就心烦,本来频繁地跟李旭林跑广州就不常在家,一旦回来还常常彻夜不归,公公婆婆稀罕孩子也就是白天亲亲抱抱，到了晚上该喝酒还喝酒，该打麻将还打麻将，从没有看护过孩子一个夜晚。高淑梅心疼女儿，时不时过来和她一起照护孩子，但是姚晓云知道病恹恹的母亲是架不住没日没夜操劳的，所以尽管她十分渴望能有个人和她共同照料孩子，却每每几天后就强行地让母亲返回娘家。

除去爱哭，孩子还有一个更大的问题就是爱发烧，隔三差五就发烧，一烧就是三四天。姚晓云也知道"要得小儿安，三分饥和寒"的俗语，婴儿不能吃得太饱，不能穿得太厚，却仍然还是挡不住孩子的发烧。以至于她都有些神经质，碰到公公婆婆抱孩子出门总是千叮咛万嘱咐，公公王秉禄还好说话，"嗯嗯嗯"直点头，婆婆总是一撇嘴，"娇气，我养娃还没有你有经验？"姚晓云便不好再说什么，低了头默默地回去自己的房里。

9月25日，农历八月初七，是让她撕心裂肺的日子。一大早，刚把折腾了多半夜的孩子哄睡着，她自己困得两眼皮直打架。正是迷迷糊糊间，姚晓云突然感到怀里一阵剧烈抖动，她以为是地震什么的赶紧睁开了眼，却看见孩子在不停地抽搐，一摸孩子额头，滚烫。王伟也不在家，她吓得赶紧大声喊叫婆婆，自己穿着睡衣，趿拉着拖鞋抱着孩子就冲出了房门。

乡里医院不敢接诊，闻讯赶回来的公公王秉禄找了一辆面包车全家直奔运城红旗西街的地区医院，那可是全运城地区设备最全、医术最高明的医院，但是，即便是最好的医院却还是没有能够挽留住孩子幼小的生命！

姚晓云哭哑了嗓子，哭碎了心，却仍温暖不了怀中逐渐冰冷的小小躯体，随后赶来的姚满财也被这一场面惊呆了，怅怅而立，束手无策。人间至亲心头肉，这份悲痛欲绝的伤心任何人都是无法劝慰的。

失去了孩子的姚晓云异常落寞，没有了肉体上的操劳却加剧了精神上的折磨，让她感到生不如死，而王伟只是仅仅发呆了两天便又我行我素不见人影了，只有母亲偶尔过来陪陪她，给她默默地抚慰。没有孩子需要照顾了，母亲也不便在她这里多停留，她又不想回娘家，怕她忧郁的心情给父母和奶奶带去阴影。

姚晓云就这样一天天地苦挨着日子，很长很长的时间她都无法从痛苦中解脱出来，她不明白为什么自己含辛茹苦的付出就落得这样的回报，不明白一个幼小的生命为何如此的脆弱。毕竟，如今各种生活条件都比以前强多了，为什么这朵娇嫩的花儿却会如此过早地凋零。

刚开始婆婆还到房间里劝劝她，也会给她做饭吃，时间一长，婆婆也没有了那份耐心，开始数说起她来，嫌她总是在房里闷着，啥都不干，甚至在王秉禄跟前说起孩子的早夭是因为她的照护不周。

姚晓云默默地承受着，百口莫辩，她不想也不知该怎么去为自己辩解。直到有一天，王家又发生了一件大事，才让她萌发了给自己洗白的念头。

那是一个周末的傍晚，王伟正好也在家，全家难得地坐在院子台阶上的饭桌前吃顿团圆饭。这时，从门外走进来3名年轻男子，壮壮实实的，走到饭桌前，王秉禄正欲起身打招呼，其中一人冲着王伟问道：

"你是叫王伟吧？"

王伟没有吭声，脸色却早已由惊讶变成一片死灰，瘫坐在椅子上。王秉禄虽不明就里，但毕竟是在自家里，而且自己好歹在乡镇上也算是有头有脸的，他强装镇定，大声问道："你们是什么人？找我儿子想干啥？"

为首一人像是个头，他掏出一个硬皮夹打开一亮，说："我们是公安局的。你儿子王伟涉嫌吸毒贩毒，我们奉命对他进行抓捕。"

吸毒？贩毒？王秉禄和老婆以及姚晓云都惊得瞪大了眼，这些都是在香港录像里才听过的字眼，竟然会活生生地出现在自己跟前？但是看着王伟一副垂头丧气的样子，就知道人家说的应该没错。

"这娃怎么这么憨呢,你啥不能干要干这?"王秉禄抖索着冲到儿子跟前,劈手就是两个耳光,"这是要掉脑袋的事情你都敢干,你吃豹子胆啦?"

那个公安局的领导赶紧拉开了他,挥挥手,让后面两个人把王伟架走了,留下王秉禄老婆狼一般的哭嚎声。

姚晓云没有哭,也没有闹,她站起身,默默地收拾了桌子上的残汤剩菜,然后淡然地走回了房间,虽然事发突然,但冥冥之中她似乎早有预感。

独坐在房间里,这多半年来,王伟的一系列怪异行为在姚晓云的脑海里不停地翻来覆去,她突然想起不知什么时候在电视上看过一个健康讲座,说是父母有一方吸毒极有可能会影响婴儿的健康,她也记起了那天在医院里木已成舟,回天乏术的一刻,医生曾含蓄地问过,"是不是孩子父母某一方存在不良的嗜好?"只是当时所有人都没有心思理会这个问题。

第二天一大早,王秉禄匆匆起床,收拾一番便搭车赶往运城,托关系找人打探消息,他老婆则觉得没脸见人,窝在屋里不出来,姚晓云本来还计划给她说一声,但想想还是不惹她为好,自己拿了孩子的诊断书等一系列资料,悄悄地出了门,在大街的十字路口搭上去运城的公共汽车。

虽然费了不少口舌,但还算问了个差不多,姚晓云还不放心,又按照医生的指点去了城区南郊的戒毒所咨询。要是往常,打死她姚晓云也不会去这些让老百姓听起来心惊胆战的地方,但是今天她把自己豁出去了,刀山火海她都要闯一下。

世界上有些事情是不能刨根问底的,不知道真相时不死心,知道了真相却比死还要痛苦一万倍。姚晓云恍恍惚惚不知自己是怎么一步步地挪到汽车站的,她唯一一点清醒的意识命令她:回娘家。

姚满财蹲在房门口,乌七八糟的烟雾在面前缭绕着,脚边的砖台上已积了一堆烟锅磕下的灰。孩子夭折后,王秉禄没有心思,姚满财也没有精神再提贷款之事,酸枣仁加工厂一事就暂时搁置下来,他开始在家忙碌起种小麦及家里一些杂事。今天,女儿云云匆匆地赶回家来,她带来了女婿王伟因吸毒贩毒被抓的消息,又把一厚沓从城里带回的纸张堆在他的面前,从来乖巧、温顺的大女儿今天涨红了脸,她语气坚定地说:

"爸,我要离婚!"

强扭的瓜不甜!姚满财是深谙这个道理的。可是既然已经扭在了一起,要分开却也不是件容易的事啊。他右手扶着房门边,撑着又酸又麻的双腿站起身来往房里头走,两只脚竟有些不听指挥,一个趔趄险些摔倒,他赶紧抓住炕边坐了下来。

姚晓云依然倚在炕边,低着头盯着那堆资料,一动不动。

姚满财狠狠地吐了口气,恨声说道:"王伟这娃怎么就这么差劲,纯粹是一个扶不起的阿斗。这么好的条件不懂得珍惜,一天在外胡屄折腾啥呢?我就说你和你妈把娃一天照护得这么抵当(方言:周全),怎么还会……"他抬起头,看着女儿说,"云云,你听爸说,这娃简直就没法救了,爸绝对不能让他祸害你一辈子。只是,咱们不能马上提出离婚。公安局虽然把王伟给抓啦,但到底性质有多严重罪有多大,现在谁都不知道。要是他罪不可恕该挨枪子或者要判十年二十年,咱肯定要和他离婚。不过你公公这个人还是有点神通的,看他跑跑关系打探打探能弄个啥情况。再说公安局有时候也会抓错人,或者没抓错但问题不严重关上个三年两年的就放出来啦,那他肯定会长记性的,教育所(方言:看守所、监狱等)是什么地方?再难管的娃都能让他服服帖帖。"

"今天你先回家去,把从医院和戒毒所拿的资料给你公公婆婆看看,这下他爸他妈也知道了胎娃的问题是出在他儿子身上而不是出在你身上,也就不会再数说你的不是,给你脸色看了。"

"爸!"姚晓云猛地抬起头来,"我拿这些资料不是想让他家人给我道歉,我只是想证明我自己的清白。王伟他吸毒贩毒,不仅害了娃,也会害我,不管他判多少年,我都不会再和他过了。"

"我知道,我知道。"姚满财忙不迭地说,"他娃犯下了这么大的罪,咱肯定是不能和他再继续过了,但现在还不是时候。这时候立马要离婚,肯定有人要说咱们落井下石,不仁义,毕竟这几年王家对咱们还可以吧。咱们姚家从来都是恩怨分明、知恩图报的,不能干那些让人背后戳脊梁骨骂的事。你回到他家,啥都不要显露,该干啥就干啥,他爸他妈看了你拿的东西,自然明白亏欠你了,等到王伟情况出来了,咱再提啥条件就顺理成章了。你说是吧?总不能说国家判他在监狱里待一辈子,就让我女在外面守他一辈子?……"

好说歹说,费尽了口舌,姚满财总算暂时把姚晓云劝回去了她家。这个节骨眼上,是万万不能提离婚的,且不说巷里的人说三道四,单是王秉禄那里就通不过的,人家现在正心急火燎地打探儿子的情况,这时候闹离婚不是背后捅人一刀吗?只怨这女婿太不争气了,恨铁不成钢哪!

尽管心中有一万个不愿意,但是姚晓云还是听从了父亲姚满财的安排,暂时回到了王家。王秉禄这几天东奔西走根本就不着家,他老婆看不懂姚晓云拿回的那些纸张,她也没有心思看那些,只是哭丧着脸,干嚎一声,"这都啥时候了你还计较这些?你觉得咱屋还不乱是不是?"姚晓云本来就不怎么善言辞,这一声又呛得她半天接不上话,她只有低下了头,默默地走回了自己的房间。

一个人守着个大房间是寂寞寥落的,尤其是在这个寂寞寥落的秋季,偶然有几片黄叶贴着窗玻璃滑落,却又瞬间被风带去了远方。姚晓云没有串门的习惯,现在更没有心思外出,她就那么整天呆坐在空荡荡的房间里,也不知道该干些什么。

孩子在的时候,虽然常常是哭,但也会甜甜地笑,无论是哭还是笑,都是一种生气,充盈回荡在房内的空间里,让姚晓云在忙碌疲惫中也会感到短暂的幸福和满足。而如今,再也没有必要忙碌的清闲却让姚晓云更觉得疲惫,清冷的夜晚,她不知多少次因为梦见孩子啼哭而惊醒,手足无措的忙乱中才发现没有了那小小肉体的被褥里是何等的冰凉!

第四章

8

  呆呆静坐的时候,姚晓云也终于能有时间细细感受一下自己的身体状况。早在去年她就隐隐感觉前胸有些异样,一次无意间她摸到自己右边的乳房里有些大大小小的硬块,有时候没感觉,有时候却有些刺痛,而且乳头偶尔还会溢出一些稠稠的汁液。这种妇科上的问题,姚晓云不好意思询问别人,婆婆整天旁敲侧击地催她怀孕让她都有些怕,自然也不便问,只能在回娘家时问问母亲,可是母亲含含糊糊也说不出个所以然。后来知道自己怀孕了,姚晓云便推测这种情况也许是妊娠期的反应吧,也就没有给予太多的注意。

  孩子出生后,时不时地啼哭,婆婆怀疑是姚晓云的奶水不好,便让她生生地把奶水憋了回去,非要让孩子喝从城里买来的好奶粉。乳房胀痛了一段时间后渐渐平静下来,可是这段日子以来,却又开始阵阵刺痛。姚晓云用手摸一摸,感觉乳房里面的硬块似乎比以前更多了,原本光洁滑腻的皮肤也出现了好些小凹陷,就像小酒窝一样,而且有时候痛起来连腋窝都牵连到了,胳膊都不好举起来。

既然孩子的夭折是因为王伟的长期吸毒造成的,那么自己乳房上的症状是不是也跟他的不良嗜好有关系呢?姚晓云沉思了一天一夜,决定再去城里的医院查个究竟。

第二天一大早,姚晓云早早洗漱完毕,把房间收拾好,在衣柜里取了几件衣服,包好,来到了婆婆的房间。

"妈,这几天也没有啥事,我想回我妈那里住上几天……"

"哦,哦,行吧行吧,搭车操点心,路上慢点。"姚晓云这么一天又一天地在房间里待着,大门不出二门不迈,王秉禄老婆也怕她憋出个毛病来。孙子殁啦,儿子抓啦,儿媳妇再有个三长两短这日子还咋过呢?回她娘家也好,和她妈她奶说说话,总比一个人闷着强。再说了,她一走,自己也就能省心了。

搭着金井发往运城的第一趟车,姚晓云先回到了娘家,姚满财又去看守厂子了,她把所带的物什先放到自己的房间,然后过到北屋里看母亲和奶奶。她们正好在吃早饭,姚晓云便给自己也舀了碗饭吃。孩子不在了,王伟被抓啦,这些事情通通都没有给奶奶说过,奶奶耳朵不好,现在这几年更糊涂了,有时候连她和小雨都分不清了,名字都叫错。人老了,烦心的事情知道得越少越好,无济于事,徒增伤悲。高淑梅呢,姚晓云很清楚母亲是多年的病体,是强打精神伺候她坐月子、照护胎娃满百天,就如窗外萧瑟枝头上的黄叶,稍微一阵强风就能将其凋零。孩子的事情实在是没法瞒了,但王伟的事情姚晓云暂时还不想让母亲知晓。

吃罢饭,姚晓云把锅碗洗刷干净,摆放好,给奶奶和母亲说自己去城里办点事。奶奶自然是听不明白,但隐约知道孙女是要出门,嘿嘿笑着冲她摆摆手,"慢点,慢点。"母亲则把她送到门口,叮咛着,"坐车操心点,把东西拿好。"

地区妇幼医院在运城市区河东街的东端,姚晓云到了医院门口,却突然犹豫起来,她迫切想知道自己身上的病症到底是怎么回事,却又怕结果超出了她的想象。在外面的绿化带边徘徊了好久,姚晓云觉得旁边商店的人似乎都在注意她了,便咬了咬牙,走进了医院大厅。

在普外科挂了个号,接诊的是个年轻的女大夫,开了几张单子,什么B超、X光之类,让姚晓云去一一检查。各种检查完毕,结果一时还不能出来,要等到下午了。姚晓云便在大街上随便溜达,她顺着街道往北走,在城中村槐树凹的大巷口饼子摊前买了两个烧饼,继续前行,一直走到姚遑渠在运城城区的河段。

城市里的姚遑渠完全没有在乡村地段的宽阔大气。它就是一条暗河,被大大小小的预制板所覆盖,偶尔出露的地段,全是看不出深浅的黑色污水。尽管天气已冷,快到立冬的时节了,但仍可闻见阵阵的臭味,沿渠排放废水的工厂太多了。堤上杂草丛生,到处可见堆放的垃圾,虽然零星也有几棵树在寒风中抖索,但形单影只,完全是一副抗拒不了严冬的模样。

姚晓云吃完了两个饼子,仍觉得身上不热和;她紧了紧衣领,沿着姚遑渠边走了一段便开始往回返了。凌乱而荒败的姚遑渠让她的心情更是低落,她心里沉沉的,仿佛有一块大石头压在她的前胸,尽管走得很慢,她还是觉得有些气闷,胸前和腋窝都隐隐作痛。

回到医院的时候,医生们都上班了。那个女大夫拿着姚晓云取回来的片子细细地看了好久,又问了她好些平时的生活习惯、性格特点,然后说:"你这个病有些复杂,尽量到大医院做进一步确诊好些。"

姚晓云咬着唇沉默了一会儿,鼓起勇气问道:"医生,你给我说一下我这到底是什么问题,我也好有个心理准备。"

"你这嘛,从片子上看,乳房内有好些边缘不规则乳腺肿块,并伴有腋窝淋巴结肿大迹象,这应该跟你平时精神不好、心情沉闷有关。要知道,忧思伤脾,肝气郁结,久而久之就会导致痰淤互结于乳房而发病。我建议你到西安的西京医院再复查一下最好。西京医院算得上咱这附近地区规模可以的医院,设备更全更好,诊断会更全面细致,治疗效果肯定也更好……"

虽然医生说得含蓄委婉,但姚晓云毕竟是成人了,她能从医生的语气中感受到自己病情的复杂和严重性。搭车回去的时候,她在汽车站跟前的药店给母亲买了些日常喝的药,又到附近的八一市场给奶奶买了两盒煮饼。煮饼软软甜甜,没牙的奶奶最爱吃了。回到家,她把东西送给母亲和奶奶,借口说自己跑了一天路,有些累了想早早睡觉,便回了自己的房里。

可是哪能睡得着呢?

姚晓云的心里像大海一样在剧烈地翻滚着,她辗转反侧,无数的念头在脑海里错综交叉。虽然这几个月来发生的一切已让她心如死灰,让她看不到任何前景和希望,但还有年迈的奶奶、多病的母亲、整日奔劳的父亲让她牵挂,还有亲爱的妹妹和那个镌刻在心底的名字让她思念。她还想好好地生活。

沉思了一夜一天又一夜,姚晓云决定还是去西安的西京医院复查。以前在西王小学的代课工资还剩下好些,姚晓云把它全取了,小心地装进自己的包里,又装了一些简单的日常用品。这几天天一直阴着,听预报说西安地区还会有降雪,姚晓云便挑了一件自己喜欢的大衣穿上,给奶奶和母亲说自己要回金井,却赶到城里登上了西去的列车。

西京医院在新城区,属于西安城的东部,运城来此看病的人很多,倒也不难找。可是医院里面太大了,东绕西拐,病人、医护都多,让姚晓云有些眼花缭乱,多亏她学上到了高中,又代过几年课,普通话还说得过去,问这个问那个,总算一一找见了相关的科室。

又是经历了一系列的检查后,姚晓云进入了忐忑不安的等待中。大医院设备多效率也高,没过多长时间,姚晓云就听见有医护人员喊叫自己的名字。

姚晓云怯怯地走进诊室,带上门。主诊医生从办公桌上的影像胶片和检查报告中抬起头来,看见姚晓云,似乎有些吃惊。她轻蹙了一下眉头,说:"坐吧。怎么你是一个人,家属没来吗?"

姚晓云没有说话,点了点头。

医生叹了口气,说:"右乳中央区及上象限浸润性导管癌,3级,伴中等级别原位癌,浸润癌大小约2.1cm……虽然是早期,但你这情况不容乐观呀,我建议你尽快接受治疗。你现在能办理入院手续吗?"

姚晓云吃了一惊,她摇摇头说:"我就是过来检查一下,啥都没带,钱也不够……我这病非常严重了吗?"

医生用责备的目光看了她几眼,又问了她一些情况,得知她是来自山西运城的农村,沉默了半会儿,说:"我建议你尽快入院接受治疗,入院越及时,康复的概率就会越大些。在这里如果不方便,你也可以回去在当地接受治疗。病情发展变化很快,谁都没法给你一个准确的答复。你自己要把握!"

告别医生,走出诊室,姚晓云两腿像灌了铅般的沉重,她依偎在医院走廊的长椅上,大脑一片空白,好久好久才回过神来。癌症,这是个多么可怕的字眼呀,竟然会真真切切地发生在自己身上。苍天啊,难道是我犯了什么大逆不道的罪孽了吗?

姚晓云刚才问了医生治疗的大致费用,那对她来说绝对是一个天文数字!王伟现在出现这种情况,生死难料,王家还肯舍得在自己身上花费这么多的钱吗?而这几年父亲的工厂不景气,就是想给她看病估计也拿不出这么多的现钱,何况家里奶奶、母亲还有妹妹哪个不需要花钱。而且现在的医生说话都给自己留有余地,谁都不会说花了钱后就能百分之百地看好。

姚晓云就在长椅上怔怔地坐着,脑海里乱糟糟的一片。时间不谙人世间的离合悲欢,仍然不紧不慢地一分一秒流逝着。夜,已经很深了,但医院的走廊里有暖气,并不冷,也有不少病人家属斜卧在长椅或蹲坐在地板上,他们脸上或额头,也都和姚晓云一样,满写着凝重和沉郁。

不知什么时候,窗外有些发白,走廊里躺卧的人们开始打着哈欠,伸着胳膊,慢慢起来走动了。姚晓云站了起来,活动了一下身子,去了一趟卫生间,然后在盥洗池洗了把脸,让自己清醒了一下。她理了理头发,整理好衣服,把所有的诊断资料折烂,撕碎,塞进了垃圾箱。

管它呢,听天由命吧!医生不是也说,这才是早期嘛,而且她还说,调节心情,避免沉郁,不也是可以起到辅助治疗的作用吗?

站在西北农业大学的门口,和当初的叶俊萍一样,姚晓云也是一脸茫然,但更多的却是欣喜和敬慕。这就是大学吗? 真的好美呀!

虽然已是初冬,但大片的菊花仍然在灿烂地盛开,黄的白的交织着,宛如一条条彩带镶嵌在路边;强壮魁梧的银杏树也依然精神抖擞地挺立着,抬头望去满树的金黄。一阵微风吹过,扇形叶子便飘洒而下,如漫天飞舞的金色蝴蝶,飘落于树下,又铺成了一地的黄金甲。

壮美的菊花,凄美的银杏叶,每一个生命在谢幕的那一刻都是一种绝美!

姚晓云弯腰拾起一片银杏叶轻轻地放在手中,在校园的马路上慢慢地走着,不时有几对学生情侣嬉闹着从她身旁一晃而过,更有一位女生斜卧在地毯一般的银杏叶上,让一个端着相机的男孩为她拍照,姚晓云不由得多看了她几眼。那个女生长发飘飘,在满地金黄的树叶衬托下,愈发显得青春四溢、娇嫩无限。

多么美的校园! 多么好的年华! 小雨在这样的环境下学习、成长,难怪出脱得越来越漂亮了。哎,好长时间没有见过妹妹了,她的一切生活应该都还好吧? 大学里谈恋爱这么普遍,她都是大二的学生了,也不知道是否为自己觅到了一个称心如意的男孩子。

姚晓雨看见姐姐的时候,姚晓云正在她的宿舍楼前静静地张望着,虽然没有一点预兆,虽然好几个月没有相见了,但是姊妹之间的血缘和亲情一下子就让她认出了姐姐,她欢叫着跑过去抱住了姚晓云。

姐姐虽然脸色有些苍白,神色看起来也有些疲惫,但仍遮挡不住那份从骨子里散发出来的恬淡的、娴静的、柔和的、细腻的、温润的美。姐妹俩亲亲热热地在宿舍说了会儿话,姚晓雨便带着姐姐去餐厅,现在已经到了开午饭的时间了。

小外甥夭折的事情,姚晓雨是知道的,但王伟被抓的事她不知道。姚晓云只给她说自己这段时间在家也没事,西安离运城又不远,暑假里也没有多见她,所以就过来看看她了。姚晓雨知道姐夫王伟平时即使不去广州、不上班,也不怎么好好在家待,姐姐多数时候都是一个人守在家,现在孩子殁了肯定更孤寂了,出来散散心也好。

吃了午饭,姚晓雨便带着姐姐在校园里漫步。西北农大校园很大,虽然天气有些阴沉,但并不是很冷,"无边落木萧萧下",也有一种季节更替的自然美。姐妹俩慢慢地走着,姚晓云问妹妹一些学习情况、生活情况,顺便从侧面了解一下她是否谈恋爱了,姚晓雨给姐姐说自己想考研究生,那要到大四学期了,但是现在她已经开始着手准备了。姚晓雨又问了一些奶奶、母亲和父亲的身体状况,她见姐姐始终不谈她自身的事情,便也不好追根细问。毕竟都是成人了,关系再好的姐妹也都会因为各自生活的变化而彼此有了一些隐私,不好意思追问,那还是就不问了呗。

姚晓雨便扯一些其他,她给姐姐说,杨陵也有不少运城人,尤其是咱们家隔壁的国良哥,和他对象一家人在附近开了一个饼子铺还有一家羊肉泡饭店,问姐姐愿不愿意去那里转转。姚晓云沉默了一会儿,国良哥确实好几年没见过了,秀莲婶一家对自己从小照护有加,她听妹妹说昝国良现在店铺生意挺好,找了个对象也贤惠能干,打心眼里为他们感到高兴,只是自己目前这种情况,诸事不利,去人家那里恐怕不太合适。她想了想,摇了摇头说:"人家生意忙的,还是不过去打扰了为好。"

可是,有一个人,姚晓云决计是要见的。为驱除自己身上的不祥之气,她特地穿了一件大红的外衣,可以说,她之所以下定决心来西安做复查,很大程度上也是为了圆一下再见他一面的梦想。

姚晓云眼望远方,怔了好许,回过头来看着妹妹说道,"记得你说过,赵洋……也是在西安上大学?"

姚晓雨讪讪地笑了,她看见姐姐的眸子里闪动着期盼和幸福的光芒,她使劲地点了点头,上前紧紧地握住了姐姐有些颤抖的手,将它拥在怀里,侧头附在姚晓云的耳边,柔声说道:"走,我现在就带你去见他!"

第四章

9

> 谁念西风独自凉,
> 萧萧黄叶闭疏窗,
> 沉思往事立残阳。
> 被酒莫惊春睡重,
> 赌书消得泼茶香,
> 当时只道是寻常。

公元1677年,一个西风吹冷、黄叶飘飞的季节,一位名叫纳兰容若的年青词人伫立夕阳下,追忆茫茫往事。斯人已远,阴阳阻隔,所有的思念都永远只能是思念! 300多年后的今天,在这个同样肃杀的时节,当赵

洋一字一词念出这首《浣溪沙》时,往事如烟历历在目,愁肠百结泪水潸然:

西风萧萧的中条山下,两人在小房子的残垣断壁里一起集柴火,烤红薯,揣着一怀满满的暖和和快乐返回校园;落日残照的周日下午,两人在麦场上驮着鼓鼓的编织袋垫子运往学校,给天寒地冻的宿舍铺一床厚厚软软的温暖;相伴一路的求学往返途中,他在前骑,她在后坐,相互提问语文诗篇和英语单词,谁答对了,就奖赏给谁一颗从姚遥渠上摘得的又大又圆又红的酸枣;银装素裹的姚遥渠上,他用紧捏成一团的雪块为她砸高悬在枝头摇摇欲坠的冻柿子,好容易砸落一个,却跌破在他的掌心,溅得他手脸皆花,她笑得弯了腰,他却舍不得扔,吸溜溜吃个精光……

是呀,当时只道是寻常!就连上次姚晓云远赴西安来看望他,赵洋虽然感到意外和欣喜,却决计没有想到这竟会是人生中最后一次的相见。现在,满腹的疑团都得到了解答,却再也听不到那亲亲的声音,再也看不到那亲亲的面容了。

厚厚的信纸下面,是两张崭新的百元人民币。姚晓云在信里给赵洋说,其实那天他在校门口向沈曼娜借钱的时候,她在门卫室看得一清二楚。她最后的私房钱还有一千来块钱,她决定不再在看病上花费任何钱了,杯水车薪,根本无济于事。她留给了他200,感谢人生中最美好的一场相遇和相知,愿他前途无量、早日功成名就;留给妹妹200,感谢她姊妹一场,相依相偎,愿她学业有成、人生幸福;留给了昝国良200,感谢他和秀莲婶的多年照护,提前给他和新嫂子送上一份贺礼;剩下的全部留给了奶奶母亲和父亲,感谢他们的生育养育之恩,愿他们不再有疾病困扰,不再有烦事忧心……

尽管心中有着许许多多的积怨,但直到闭上双眼,姚晓云都没向王家提出离婚(实际上,因为年龄原因,她和王伟也并没有结婚证,没有法律意义上的夫妻关系),她不想让父亲再在这方面作难,只是在最后一刻,她向父亲提出了一个小小的请求,也是一个坚决不能改变的请求:

她要葬在姚遥渠边。只有守着姚遥渠她才能安心地长眠!

王伟的案子仍然没有判决,王家还在张罗儿子的事情,对于姚晓云的葬礼,王秉禄倒是痛快地出了钱,但他还是顾虑不孝有三无后为大,没有留下男丁子嗣的,是不可以进祖坟下葬的老讲究,所以便把一切事情都交付给姚满财,让他去自主处理,姚晓云终于能满足人生的最后一个愿望。于是工厂南侧的空地上,就平添了一座小小的坟茔,紧靠着古老而绵长的姚逞渠,从此日日夜夜相依相偎。

赵洋就那样怔怔地挺立着,也不知时间过去了多久,更不知道姚晓雨什么时候出现在他的身后,默默地注视了他多久。

"哥,你吃点东西吧!"姚晓雨从随身带的帆布包里掏出一个过事时蒸的大馍馍,夹着菜,用笼布包裹着还冒着热气,"姐姐她已经走了,再伤心都没有用了。你不要坏了身体!"

赵洋回过头,看着同样红肿着眼睛的姚晓雨,低声说道:"你先放在这儿吧,我暂时不想吃。家里面的事情肯定还多,你就赶紧回去吧。我想再待一会儿。"

"那你一会儿怎么回去?"

"你不要操心我。"赵洋努力使自己笑了一下,"我这么大的人了,我会想办法的。"

这里虽然是金井的地盘,但距龙居也并不很远,只要想回去,肯定是有办法的。可是,如果明明有办法他偏偏不去想该怎么办呢? 见劝不下赵洋,便给他留下了馍布袋,又留了一壶热开水后,姚晓雨骑着自行车返回了家,家里确实还有一摊子事情要处理。快到家门口的时候,她突然想到了这一点。

果不其然!第二天姚晓雨又赶过去的时候,赵洋还在原地待着,他呆呆地坐在一堆玉谷秆上,身边还有一大堆干枯的树枝,面前未燃烧完的柴火正在冒着丝丝缕缕的青烟,飞舞的灰烬在他的头发和身上落下了无数的斑斑点点,如同周边满地的片片白霜。

"你干吗这么傻呢?"姚晓雨泪水一下子涌满了眼眶,这可是寒彻入骨的四九天呀!尽管她昨天回去就有这种预感,但她还是不敢相信赵洋就在这天寒地冻的荒郊野外待了整整一夜。

自行车往工厂外墙上一靠,姚晓雨便朝赵洋跑了过去。看见她过来,赵洋慢慢地站起身,姚晓雨冲到他面前,喘气声中带有几分哽咽:"你就不怕把自己冻坏了?"

"没事,我点了一晚上的火呢!"赵洋低声说,姚晓雨听出来他的声音有些沙哑,又看见装馍的帆布包和水壶还是她走时放的样子,眼泪终于忍不住滚落脸颊。

看见她哭了,赵洋赶紧说:"我真的没事,你看,好着呢!"他活动了一下胳膊腿,拍拍身上的灰尘。姚晓雨伸出手,帮他拂去头发上的灰烬,弯腰提起馍布袋和水壶,叹了一口气,低声说:"我把厂子的钥匙拿来了,咱们去那里把这馍馍和菜热一下。"

馍馍夹菜放在外面冻了一夜其实还好,放在笼节里热气一馏菜汁消融反倒把馍馍浸泡得有些稀软,但毕竟热热乎乎了。赵洋取了一个递给姚晓雨,姚晓雨说:"你赶紧吃吧,我来时都吃过了。"从茶壶里倒了碗开水放到赵洋面前,"喝着吃着,不要噎着了。"又把剩下的开水灌进暖壶里,说,"吃完饭,我用自行车把你送回去。"

赵洋吃完了一个馍,给碗里掺了些凉开水端起来一口气喝了个见底,他顿了一下说:"你有事就忙去吧,我想在这里再待两天。反正我家人也不知道我现在已经回来了。"

"这怎么能行呢?"姚晓雨一下子急了,"咱们这里也没有这种讲究呀。"

"这是我自己的讲究。"赵洋低低地说,"那天我要是知道是这种情况,我是决计不会让她就那么急匆匆孤零零地一个人回运城的。都是我的错,那天我明明看出她有好多心事,却没有刨根问底。我想在这里再陪她两天,说说那天没有说完的话……"

姚晓雨掏出手绢,擦去自己也给赵洋擦去那涌眶而出的泪水,"姐姐的病她谁都没有告诉,她不想麻烦任何人,就自己一个人默默忍受着,等我爸妈知道的时候已经晚了,医院也无力回天了。姐姐从小就是这样的性格,她总是把一切不好的事情都憋在心里,不愿意让任何人为她操心。"

"所以我想,她应该还有好多好多的事情没有说,我就在这里陪她再说说话,让她不感到寂寞。现在也放假了,有的是时间。"赵洋盯着墙壁,声音低却坚定。

"可是这么大冷的天,厂子里也早放假了,没有半个人。"姚晓雨真不知该怎么劝说他,"你要是非要坚持,那我也就留下来一起陪你!"

"都在胡说些啥呢?真是憨娃!"姚满财不知什么时候也过来了,他听着两人的说话迈进了房间。接二连三的变故让他沧桑了好多,额头上的横纹更深更显了,深灰有些污迹的鸭舌帽已明显遮不住丛丛增生的白发。他坐下来,深深叹了口气,说,"云云是个苦命娃,她没有享福的命,就这么早早走啦,但她在书房当老师时尽职尽责,在屋里养娃时尽心尽力,不管是她公公婆婆,还是邻里街坊,都说不出她半点不是。咱们活着的人不能给她抹黑。你俩都是大学生了,小雨你一个女娃家,要在这荒天野地里待上几天,我和你妈怎么能放心?还有……赵洋,我知道你是个好娃。你和云云情深义重,你的心意我都能理解。但云云毕竟已经是人家王家的媳妇了,生是王家的人,死是王家的鬼。你要在这里待上几天也不合适。小雨她毕竟年纪还小,你俩要是都在这里,少不了有人说闲话……"

"说什么闲话?"姚晓雨突然一下激动了,她大声说,"我俩在这里想我姐姐,陪我姐姐说话碍着谁了?对,姐姐是王家的媳妇,但埋我姐姐时为什么不见他王家一个人呢?他王伟也死了吗?还有他王家老两口呢?光给个钱顶啥用,钱能挽回人命吗?"她顾不上擦去满脸的泪水,抓起姚满财的胳膊把他往屋外推去,"爸,我恨你。是你葬送了姐姐的幸福,是你害死了姐姐。我们的事情你不用再管了!"

第五章

1

再寒冷的冬季也会有冰雪消融的时节,再悲痛的心情也会有趋渐平复的一天,因为时光留不住,岁月挡不住,花开花落,燕去燕来,人世间的每一个角落里时时刻刻都在演绎着兴荣衰替、悲欢离合。

当又一个严冬即将离去的时候,时光的车轮就已驶入了1992年。这一年的春节来得稍微要早一些,神州大地上也明显感受到了春天的气氛。因为这一年的岁首,改革开放总设计师邓小平同志动身到南方考察,先后到达武昌、深圳、珠海、上海等地,并发表了一系列振聋发聩的讲话,以他独有的睿智和眼光为中国新时期改革开放指明了方向。

可以说，1992年的开篇，带给国家的是一片光明和康庄，无论是城市还是乡村，都洋溢着欣欣向荣的气息，而在普通的平凡的芸芸众生的胸怀里，也荡漾着小小的幸福和快乐。

叶俊萍就是其中的一个。当然，虽然在孙教授的家里，叶俊萍也经常陪阿姨看看电视或者听她和孙教授谈论一些时政，多多少少了解一些国家大事，但她还不可能马上就感受到伟人挥手之间带来的阵阵春潮，她的满腹愉悦都源于她自身的事情。

她要结婚啦！

昝国良的饼子铺已经由一间门面扩成两间了，也不再搞承包了，1991年初他就给足了以前老板的转让费，把饼子店彻彻底底变成了他和叶运平夫妻的，耿小芹又趁1991年春节给羊肉泡店招了两个女娃当服务员，给饼子店招了两个男娃学徒工，因为饼子店的销货量又增大了好多，送的地方更多啦也远啦。昝国良本来计划在街那头再开一家饼子店，但耿小芹担心分开照护不便，便把边上的五金商店给盘了下来，五金店主也是正想换个大地方，两家各为其便，顺利成交。昝国良又买了一辆三轮摩托，早上用两辆车分头送货，大大提高了效率。

国庆节的时候，叶俊萍向孙教授请了2天假，跟着昝国良回运城转了一趟,因为秀莲婶已经三番五次地催昝国良要见这个"借儿子自行车的邻村姑娘"了。平时难得有空,两人只有趁国庆节各单位都放假,饼子需求量减少而孙教授正好也能休息时匆匆返运。叶俊萍虽没有念下什么书,但脑瓜子挺灵泛,又从小干家务,手脚利索着呢,回到昝国良家也不生分,洒水扫院,做饭刷锅,见啥干啥,弄得秀莲婶都没有插手的机会。这让秀莲婶很满意,这女娃虽然没有姚家两个闺女念书多,长得那么水灵,但也苗苗条条、白白净净的,手脚又勤快,比起姚家姐妹更多些农村人家的淳朴。

秀莲婶心里像吃了蜜,甜滋滋的,晚上她安排儿子和他爸睡在饭厦的大炕上,自己和俊萍则睡到向阳的北房里。北房一溜四间,前半年才翻盖的,开间宽进深大,阔敞明亮,就是准备给国良结婚用的。知道儿子和对象国庆要回来,秀莲婶早早就把房里收拾好了,大床上铺着12斤棉花的厚褥子,上面盖一层龙凤呈祥的大红金丝绒床单,平展光亮。秀莲婶躺在上面,一晚上都没睡踏实,前半夜她问东问西,絮絮叨叨和叶俊萍谝得没个完了,后来俊萍都困得睡着了,她还是辗转反侧,觉得心窝里热腾腾地好像有火苗在往上蹿,蹑手蹑脚起来喝了好几次水还是不顶用。可能是在硬炕上睡惯了,在这松软暖和的床上不适应吧?

秀莲婶这样想着,更坚定了她要尽快把这个姑娘娶回自己家的愿望。第二天昝国良和叶俊萍准备返回杨陵的时候,秀莲婶不顾叶俊萍百般推辞,死活给她口袋里塞了200块钱,说:"你们平时时间也紧紧张张,咱这边是没有啥说的了。回到西安和你妈你哥你嫂子赶紧商量商量,要是能行,正月里就挑个好日子把事情办了,你们干啥也就更方便了,我也就不在屋里瞎操心、干着急了,哈哈!"

其实不是秀莲婶"剃头挑子一头热",叶俊萍心里也挺着急的,这不,和自己同岁的嫂子耿小芹儿子早都撒腿跑得欢了,那些在村里的伙伴们这些年前前后后都嫁得光了,自己要不是在外面打工,早就被村里人笑话成老姑娘了。自家这边也好说话,只要嫂子点头同意,哥哥和母亲是没有什么意见的。

昝国良和叶俊萍回到了杨陵,把自己家人的意思一说,当天晚上叶家全体就在叶运平住处开了个家庭会议。拍板决定:年前先在杨陵自家的羊肉泡店里办个简单仪式,宴请一下这里的熟人老乡,临近的街坊店主;比往年提前一些,腊月二十就打烊停工,回到运城把家里拾掇拾掇,也趁政府里面的人还上班,照个相把结婚证领了,刚才也看了黄历,开过年正月初七就是个好日子,星期一,宜:嫁娶、冠笄、纳采、出行、会亲友、上梁、安机械、安床、牧养、畋猎、祭祀、祈福、开光……就选这一天,热热闹闹风风光光在村里办个像模像样的婚礼,过了初十就能松松快快赶回杨陵。

婚嫁是件大事,一切都顺顺利利的,自然教畚国良和叶俊萍两个年轻人满心欢喜。好事成双,让叶俊萍心情愉悦的另外一件事就是阿姨,也就是孙教授的爱人现在在无人照护的情况下,都可以慢慢地自行走动了。

不觉间,叶俊萍来到西北农业大学,在孙教授家里做保姆已经快4年的时光了,在这近4年的时间里,她利用自己在家乡龙居镇上学到的针灸按摩技术,凭着农村娃娃能吃苦耐劳的韧劲,不厌其烦持之以恒地帮助阿姨做着康复理疗,日渐明显的效果也使她和阿姨信心大增,相互配合得更加默契了。终于在一天早上,叶俊萍照例给阿姨做完了肢体被动运动外出买菜去了,阿姨一时内急,竟自己伸出胳臂,拽住床栏杆站了起来,而且趿拉着棉拖鞋没有把握任何东西,颤悠悠地就到了厕所,坐在马桶上好半天才反应过来,不禁喜极而泣。

买菜归来的叶俊萍自然无比欢欣鼓舞,真是"苦心人天不负"啊,自己1000多个日子的辛劳终于有了回

报。中午时分,在阳台上看见孙教授快到家门口了,叶俊萍专门倒了一杯茶水给阿姨。于是,激动人心的一幕上演了:

孙教授打开自家屋门,脱下外套正准备往门边的衣架上挂时,却被眼前的一幕惊呆了:卧床多年的爱妻双手端着一杯茶,满含笑意,缓缓地向他走了过来。

那一杯茶真的好"烫","烫"得孙教授热泪盈眶。饭桌上,他不停地夸赞,感谢叶俊萍的付出,弄得叶俊萍脸像冬日里的炉火一样,红扑扑热乎乎。叶俊萍知道,阿姨能够成功地站起来自己行走,除了自己这些年的针灸按摩之外,还有阿姨本身内心不甘屈服病魔的意念,而且,今天能够突然出现这种明显的好转,也应该跟西农校方的一个重大消息有关系,那就是——应中国西北农业大学邀请,美国得克萨斯A&M大学农学博士孙鹏近日将抵达杨陵,以访问学者的身份进行学术交流和项目合作。

第五章

2

孙鹏就是孙教授的独生儿子,他的本科就是在西农就读的,在得克萨斯A&M大学取得博士学位后就留校了。西农不仅是孙鹏的母校,更是他成长的家园。他这次归来可谓是公私兼顾,毕竟父母大人已是6年未见了。

大礼堂里要举办一个以"农业生态与资源利用"为主题的讲座,姚晓雨还是听刘扬说的,这家伙不愧是校学生会副主席、院学生会主席,学校组织个大小活动他全部一清二楚。刘扬知道姚晓雨现在就在为大四时期的研究生考试做准备,这次讲座的主题和她要考的专业很相近,所以他第一时间就把这个消息告诉了姚晓雨,并给她安排了一个绝佳的好位置。

　　作为西农当年屈指可数的高材生之一,孙鹏在母校还是有一定知名度的,再加上校方的大力宣传,当天的大礼堂竟然人满为患,过道上都是站着或坐着的学生。四个小时的讲座,孙鹏分两次共用了一个小时的时间和学弟学妹们互动。递上来的小纸条中,孙鹏发现有一个人的字体写得相当漂亮,虽然绝大多数小纸条都是学生们临时所想、飞速写就的,但这个提问者在仓促之间不但字迹依然娟秀,而且问题提得既有精度又有深度,相当有专业水准,明显能看出在此方面下过不少功夫,这让他又惊又喜。

　　孙鹏这次回国进行学术交流,有一个很大的目的就是想为自己的研究项目挖掘些人才。他的讲座主题就是研究项目的主题。因为随着经济发展和农业内外部环境的改变,农业发展中出现的一系列问题已经逐渐成为世界性的问题,"高投入、高能耗、高污染",在促进了农业飞速发展的同时,破坏了生态平衡,形成了恶性循环,如种植业广种薄收,重用轻养;林业过量采伐,重采轻造;草原牧业超载过牧,靠天养畜。自然资源的不合理利用,生态环境的整体恶化,水土流失、土地荒漠化、水体和大气污染,森林、草地和湿地生态功能退化等等都已成为制约世界多数国家农业和农村经济发展的主要障碍。而发展生态农业合理利用资源,不仅可以增加农产品种类,降低生产成本,而且能提高产品质量,增强市场竞争力,从根本上保证农业增效、农民增收。发展生态农业还有利于充分利用各种废弃物,做到"变废为宝",减少对自然资源的攫取,促进生态环境的稳定,最终实现生态效益、经济效益和社会效益的统一。无论是发达国家还是发展中国家,无论是姓"社"还是姓"资",这一举措都会带来无穷的福祉,泽被万代。

得克萨斯A&M大学充满多样性与国际性,它差不多在世界每一个角落都有研究项目,而它的研究项目又差不多影响着世界每一个角落的发展。可以说,能取得参与研究项目的资格,就相当于拿到了攻读得克萨斯A&M大学研究生学位的邀请函,这可是多少西农学子梦寐以求的事情呀。

孙鹏特意叮嘱了一下旁边的工作人员,让他们查出写这张纸条的学生,他希望在讲座结束后能尽快安排与其见个面。

姚晓雨对孙鹏是有印象的,在聆听讲座的前几天,她在国良哥和俊萍姐的婚礼上就见过他。当时这位年轻的博士西装革履,同他父母在一起,标准的普通话中时不时夹杂着一两个英文单词,在一个虽然也是衣着光鲜却以从事体力劳动为主的阶层里自然显得有些突出。不过我们的孙博士吃起羊肉泡来还是不失河东汉子的豪爽,外罩一脱搭在椅子靠背上,领带松开,拿过一碟油泼红辣子把一半就倒进了碗里,"呼哧呼哧"连吃带喝三下五除二一钵碗就见了底,擦擦额前的汗,抹去嘴上的油,连连点头大呼"过瘾"。孙教授夫妻则含笑看着儿子,筷子都还没动一下。不管是不是世界名校的博士,在老夫妻的眼中,他都只是一个孩子,一个久别归来的游子。

　　姚晓雨没有想到这么快就能有机会和孙鹏交谈。对于这位在西农享有盛名的学长,虽然还算是个老乡,但人家毕竟是个留洋的博士,她心里多少有些忐忑。不过"白头如新倾盖如故",一谈论起学术问题,两人立马没有了隔阂,倾听、探讨、争论,一个下午的时间不觉间就过去了。出于对知识的热爱和渴求,姚晓雨完全没有了一开始的羞怯,她把自己这一段时间在考研准备中遇到的问题和自己的想法都一一抛了出来,对孙鹏的一些说法觉得有异议的也毫不犹豫地指了出来,甚至把自己大二寒暑假时期在家乡运城实地做的调查情况也罗列了出来。运城是华夏文明的源头,也可以说是世界农业文化的发祥地之一,它当今农业发展出现的问题背景及解决措施也应该是具有代表性的。

这种尖锐而又热烈的气氛让孙鹏很是欣慰。要知道自己担纲的这个研究项目,不光是校方重视,连美国农业部也异常关注,必须要有充满地气具有绝对说服力的数据和切实可行便于推广的前景。中美两国国土面积相差不大,纬度位置大致相当,主要农作物也基本相同,虽然在种植规模和机械化程度等方面有所差异,但发展现代农业所面临的一些问题和解决措施还是具有好些共同性的。

接下来的日子,姚晓雨比以前更忙碌了。大三学期的课程本来就多,尤其是专业课,她在大二上学期就已经通过了CET-4考试,现在除去为考研打着基础,也正在准备大三时期一次性通过CET-6考试,这样大四就能顺利冲刺TOEFL(托福)考试。姚晓雨原本没有想过参加托福考试,这次和孙鹏交谈之后,这位留洋博士的一番劝导打动了她。姚晓雨并不是崇洋媚外,但得克萨斯A&M大学的学术成就,无论是在美国还是国际间都享有盛名,而且作为世界第一的农业强国,美国在发展农业方面的一些经验做法也的确值得学习和借鉴。所以她下了决心,一定要把握住这个有利机会。而要获取这个机会,首先要取得孙鹏研究项目团队的资格,这就需要最佳程度地完成团队交付的一系列学术研究和实地考察指标,而且还必须完成一个硬性指标,那就是托福考试,得克萨斯A&M大学历年对托福考试的成绩都要求在600分以上,这也是有相当难度的。

人一旦忙碌起来,时间"嚓嚓"地就流逝得飞快,如果不是被刘扬拦截在通往图书馆的甬道上,姚晓雨都没有发现周边已是绿莹莹的一片了。冬青叶子上的干涩早演变成丰润的闪着光泽的黛绿,脚边青青的小草也织成毛茸茸的碧毯了。春天在不知不觉间已经渗透遍及了西农校园的每一个角落。

姚晓雨只知道这是个星期六的下午,刘扬晃动着手上的两张电影票告诉她,现在已经是快"五一"了。他神采飞扬地给姚晓雨说,今晚学生活动中心将放映今年香港最火爆的一部影片——《逃学威龙2》。

1991年,由陈嘉上执导,周星驰、吴孟达、张敏主演的香港影片《逃学威龙》,以4382万的票房成绩打破香港电影票房纪录,成为年度票房冠军,由此掀起了港台两地争相拍摄校园影片的热潮。1992年,几乎由原班人马主演的《逃学威龙2》一上映就受到了热烈欢迎,尤其是在校的大学生,好多学生的宿舍里都张贴着周星驰、张敏还有朱茵的画报。

但姚晓雨是个例外,她没有兴趣也没有时间关注这些跟自己心中梦想毫无关系的东西,所以当刘扬拿着好不容易搞来的电影票请她一起观看时,姚晓雨毫不犹豫地拒绝了。

"谢谢你!不过,我对看电影不感兴趣。你也知道,我没有时间的。"

"你有时间都去了孙鹏那里了!"刘扬的话语中忍不住流露出一丝酸酸的味道,"你不要被他那所谓的研究项目蒙蔽了,不是你想象的那么简单。"他喘了口气,双手抓住姚晓雨的肩头,盯着她的眼睛问,"晓雨,你告诉我,你是不是喜欢上孙鹏了?"

姚晓雨有些惊奇地瞪了他一眼,"你怎么会有这种想法?实话对你说,在我心中的梦想实现之前,我是不会考虑这方面的事情的。"她往后退了一步,脱离了他的双手,看着他说,"我知道这几年你对我的帮助,但是咱俩心中的想法不一样。你从小生长在城市,没有经历过我的过去,也就不可能预知我的未来!"

第五章

3

在姚晓雨踌躇满志地为未来做着计划时,赵洋也开始为毕业后的出路做打算了。迈进大学校门,就相当于捧上"铁饭碗",成了"国家干部"的时代已经过去了。早在1985年,中央就表示,要改革大学生的招生制度和毕业生分配制度。这几年,各个高校都疯传国家要改革高等学校毕业生统包统分和"包当干部"的就业制度,实行少数毕业生由国家安排就业,多数由毕业生"自主择业"。

"统包统分"和"自主择业"各有各的好处,"统包统分"虽然个人无须为工作操心,却也没有自主权,无法按自己的能力、特长和爱好选择工作。有门路有关系的人家,并不一定喜欢"统包统分"。就像沈曼娜,她家里已经为她毕业以后去位于上海浦东新区的上海证券交易所工作打好了基础。沈曼娜学的专业是金融,去证券交易所上班专业正好对口。上海是中国的经济中心,国家正在全力开发浦东新区,凭借上海经济良好发展势头和特有的龙头效应以及浦东优越的区位优势与强大辐射力,上海证券交易所的发展前景绝对是无限光明的。

沈曼娜不止一次地对赵洋说过,只要他愿意,她可以央求她那还有些人脉关系的爸爸,让他在浦东新区也为赵洋谋求一份工作。浦东正处于万业待兴的开创时期,肯定也需求大量的人才,即使不能进入证券交易所,但只要是在浦东,那也很好的呀!

学经济的能去上海,就像从政的能去北京,这无疑是极具诱惑力的,但对赵洋来讲却是一种痛苦的抉择,他迟迟做不出一个决定。这不,大四的第一个学期已经开始两个月了,沈曼娜一个月前也已经到上海证券交易所实习去了,赵洋他们系则在下一学期才安排实习。

沈曼娜前几天给他来了一封信,厚厚地写了整整六页,详尽地描述了她的实习也是将来要工作的单位——上海证券交易所宽敞大气的办公环境,高端先进的硬件设施,还有繁华的外滩、美丽的黄浦江,信封里专门夹了一张她在证券大厦的照片,一身职业套装,长发盘卷,精干而雅致,完全一副都市丽人、职场白领的俏模样。

沈曼娜的款款深情赵洋何尝不懂?上海优越的工作条件赵洋何尝不向往?正是因为这些,赵洋才愈加痛苦,他不知道自己该如何去选择。

邓小平同志年初南方谈话中曾充分肯定了广东改革开放所取得的成就,并提出殷切的希望。他说,广东在改革开放中起了龙头作用,今后还要继续发挥龙头的作用。广东要上几个台阶,争取用20年时间赶上亚洲"四小龙"。不仅经济要上去,社会秩序、社会风气也要搞好,两个文明都要超过他们,这才是有中国特色的社会主义。

作为忙忙碌碌、整日奔波的一个普通果贩子,李旭林自然没有机会听到总设计师的这一番话语,但他却的的确确感受到了这一现象。五湖四海的人们都纷至沓来,涌到这片开放的热土上来淘取致富的"第一桶金"。广州的果品市场规模越来越大,数量越来越多,全国各地的水果精彩纷呈、应有尽有,果品交易的前景无限光明。

但是,也正如小平同志所说,广州的社会秩序、社会风气也要搞好。单就果品市场而言,当地果霸横行,坑蒙诈骗、欺行霸市、巧立名目收费等各种现象层出不穷,虽然当地政府就打击果霸、净化果品市场也采取了一些措施,但效果仍然不很显著。

李旭林把轧花厂和榨油厂全部交付由姚满财管理后,全力以赴开始往广州贩水果,夏季的桃、杏、李,秋季的苹果、梨,反正运城这里产啥水果他就往广州贩运啥。渠道是越拓越宽,人缘是越混越熟,但即便如此,他的货在广州的果品市场上还是要受到刁难。

王伟在的时候,这家伙油头滑脑,跟着李旭林慢慢也混出了点世面,多多少少也能顶点事。可就是不听劝告,自己偷偷地往运城贩卖毒品。这憨娃,那种生意钱再多也不能挣呀!

王伟被抓,让李旭林深感内疚,虽然自己也训斥过他几次,但没想到这娃会执迷不悟一意孤行。这可是王秉禄的独生子呀,出现这事真不知道该如何向人家老王交代。为此,他专门空了一趟货没发,抽出一星期在运城各个部门打探。但李旭林本身地地道道的农民一个,结识的政府部门人物毕竟有限,何况这种事,谁敢给他承诺?无奈之下,李旭林只能登门谢罪,拿出2万块钱塞到了王秉禄手里,权当是为王家问讯探路提供经费。

他也耗不起时间呀,这个时候正是收果收梨的黄金时节!

姚满财把原先厂子里的几个工人介绍给了他,反正厂里现在也没有什么活儿要干。赵海还有三个小伙子,李旭林都是见过面但是叫不上名字,因为他原来基本就不在厂里待。不过很快李旭林就发现,还是自己原来厂子里的工人好用。尤其这个赵海,干活利索得很,脑子也转得快,算个斤数钱数,几秒钟就出来啦,比计算器还好用(他不知道这是赵海几年卖西瓜锻炼出来的)。这几个小伙子长得都精壮结实,在广州的果品市场上能壮点阵脚,多少能减少些麻烦。

李旭林留赵海和另外两个小伙子在广州当地照理发过去的货,自己和一个以前也跑过长途货运能开大车的小伙子往返在两地间,从运城各地收水果装车往广州发送。

从以前的卖西瓜到现在的卖果梨桃杏,从以前的称斤论两到现在的整箱整车地批发,规模大了,数量多了,但赵海做生意的理念没有变,那就是质量第一、服务至上,坚决不让出售的果箱里出现坏果烂果,市内一律免费送货,外地一律免费装车。水果从运城运来,一路颠簸,难免会出现坏烂情况,但赵海坚决承诺,发现一个,整箱包退。有问题的果箱自己人抽空清理,过熟就榨汁,完好的就重新装箱。常常是白天黑夜连轴转,24小时轮流守在摊位前,应付随时可能上门的生意。

辛苦自然是不用说的了,但毕竟辛苦没有白费,上门的客户更多了,特别是稳定了好多回头客。他们一过来基本上不谈价格,有货就要,暂时没货宁可等一下都不愿意去别的地方,而且因为这些人是专门倒腾贩运各地水果的,他们还给赵海提供了一个建议,正好解决了一个令李旭林颇为头疼的问题——运果车辆空车返程。

有了这些果商提供的南方果源,返回运城的车辆就可以不空车而归了,北果南运,南果北调,既拓宽了经营渠道,又降低了运输成本,连跑惯生意场的李旭林也不禁佩服赵海,直夸他这一招棋想得好,走得妙。

在赵海的建议下,李旭林又成立了个物流配货中心,主要联系广州和运城及周边地区的货运配送。他安装了2部固定电话,把自己老婆小莲和赵海的老婆王燕都叫到广州来照理这个事。王燕初中毕业,写写记记的活儿还可以,而且也能撇几句差不多的普通话,比纯粹的农村妇女小莲要强,李旭林便让王燕主要负责。

有女人在,在广州忙碌而枯燥的日子就好熬多了。而且两个女人还能给大伙儿做饭。南方的饭真是太难吃了，大米没嚼头菜没味，还不如运城的馍馍就咸菜好吃呢。王燕呢，也早就不想在村里面待了。以前做女子时的那帮姐妹，好多都东奔西跑在外面打工呢，现在多多少少挣下钱了，过年时候回到村里风风光光的，就自己早早结婚，拖儿带女地在地里面下着死苦，风吹日晒还挣不下钱。现在儿女都稍微大点能脱离人了，赵海写信一说广州这边的情况，她抓住这个机会就出来了。趁着年轻能打拼，赶紧给手头攒点钱，娃要上学，还要盖房子，花钱的地方多着呢。她和公公婆婆商量后，和小莲一起，搭着李旭林的贩果顺风车就来到了广州。

于是赵广厚夫妻俩便承担起照管孙子孙女的责任了。儿子儿媳出去打工挣钱是好事呀，老两口没有别的能力，只有以此行动来支持。大儿子赵海说话间结婚已经6年多了，老两口才把那个时候的欠账还完，现在虽然是分了家不在一个锅里搅稀稠，但儿子一家四口还是借住在别人空弃的院子里，院基倒是早让村里给规划好啦，可是房子却迟迟盖不起来，小夫妻俩一年也是不停地折腾，忙完地里的活儿抽空就打零工，可还是攒不下钱，眼看着两个孩子都到上学的年龄了，还没有一个真正属于自己的家。不要说赵海夫妻，老两口心里也着急呀！

赵海去南方好几个月了，前一晌才给家里寄了封信。说是在那里干得好着呢，虽然累是累一些，但是钱好挣，李老板一月能给五六千块钱，美着哩！尽管没给老两口邮一分钱，但赵广厚和杨翠娥还是无比的欣慰。这不，儿媳妇王燕过来商量把孙子孙女托付给他俩，说赵海那里还需要人，自己也想去广州打工，老两口没多想就应承下来了。

如今不同于以前农业社了，那时候生产队统种统收，统一出工，每家每户都摊派活儿，记工分呢，现在土地承包到各家各户了，每家都可以根据自己的实际情况来进行播种和管理了，说白了就是想种啥就种啥，想什么时候出工就什么时候出工，只要每年按时把公粮缴了就行，地里面就是长满了荒草也几乎无人过问。

西瓜地不能连续种，去年赵海把自己的地全部种成了小麦，图的是管理方便，自己和王燕就能多腾出时间打工。他觉得打工比种庄稼挣钱要多，也来钱快，还是现钱。赵广厚呢，给自己留了一亩棉花地，其他的也种成小麦。棉花地不多，间苗、浇灌、打杈、喷药、摘晒等等这些活儿老两口就能忙得过来，棉花价钱好了，就把它卖了，价格不好，就留下来自己用。家里的被芯十来年都没有添过新棉花了，两个炕上的大褥子也早成又沉又硬的烂套了,有了新棉花,也可以给孙子孙女做上几身暖暖和和的棉衣裤了……这些事情在赵广厚老汉的脑子里早就萦绕过好几遍了,他甚至都有些盼望今年的棉花价钱真的更糟糕一些。

棉花价钱的好与坏,要等到立秋以后才能知晓,眼下有一件事就让赵广厚颇伤脑子。

这不是又到了"五月麦黄,绣女下床"的时节了嘛,现在虽然收麦子可以雇佣收割机直接在地里就把黄澄澄的麦粒装进编织袋里拉回家,不用在麦场上碾压或脱粒了,但收割机在地里纵横驰骋时的那一阵子,仍需要四五个劳力来支应,每逢这时候,都是两三户人家自动组合,相互帮忙。赵广厚夫妻俩都是干惯农活的人,这种场合应付下来没问题。收完了自家的麦子又帮完了别人之后,老两口推上自家的拉拉车,一次装上四袋,慢慢地拉回家。不能装得太多,怕门坡不好上。多往返上几次,也就全部运回家了。

让赵广厚伤脑子的事是接下来的交公粮。

种田纳粮,天经地义。作为地地道道的农民,赵广厚在交公粮方面还是很积极的。这不,昨天下午大队部的喇叭才广播说粮站开始收公粮了,一大早他和老伴杨翠娥拉着准备好的公粮就上路了。大大小小8个编织袋,装得不是太饱,太重了不好搬运。

一出门,就有人问他:"广厚叔,交公粮呀,这么早?"

"早早去早早回,呵呵!"

"海不回来帮你们? 他媳妇也不在家?"

"都是忙的,抽不出时间,大老远,路上都要耗费几天呢。我和你婶还能干,就不教他们来回折腾啦。公粮迟早都要交,少不了。早点去,省得和别人挤。"

莫道君行早,更有早行人。还没到十字街口,远远就看见粮站大门口聚了不少车和人,有的还是用小四轮拉过来的,小山似的一车斗子,"哐哐哐"地从赵广厚夫妻的拉拉车边驶过,轻而易举就跑到了他们的前面。

粮站里面场地很大,统统的水泥地面。也停了不少交粮的车,粮农们认识的不认识的,蹲的、站的、坐的、靠的,都围在一起闲聊着。

"……"

"听说今年库房里的陈粮还囤了不少呢,粮站都没有地方放粮食了,验收特别严。"

随即是一片"嘶嘶"的倒吸凉气声,让赵广厚老汉心里直发毛。

在粮站交公粮,人们最敬畏的是验粮员。验粮员就是钦差大臣,手里揣的就是尚方宝剑,嘴里吐的就是金科玉律。上班时间到了,验粮员晃晃悠悠地就出来了,粮农们便一拥而上,像接待尊贵的客人一样,堆着笑脸,递着纸烟,将验粮员迎到自己的粮车前。验粮员往往会扫一眼鼓鼓囊囊的编织袋,伸手拨拉上两下,或是踹上一脚,端起那把貌似刺刀的尚方宝剑,杀猪一般,"扑哧"就戳了进去,然后抽出,将槽内的麦粒倒在掌心,拇指食指中指齐下,脖子猛扯,扔进嘴里,上下牙齿一磕,动作专业娴熟,一气呵成。这一刻,卖粮的人屏声静气,心脏都提在嗓门眼上,目光怯怯地随着验粮员的一举一动转移,仿佛犯人一样等着法官庄严的宣判。

"不行,水分大,拉回去再晒。"验粮员一口啐出麦粒渣渣,扔下一句话,立刻就被其他人簇拥着走向下一辆卖粮车了。

这句所有粮农都最怕听到的话,偏偏落在了赵广厚的头上,本来还有些燥热的身子,一下子透心的凉。唉,都怪娃他妈,怕今天早上赶不上时间,非要昨晚就把粮食装好堆在车上,在院子里放了一夜,虽然上面苫了一层塑料布,但肯定还是沾了湿气受潮了。

但"拉回去再晒"倒也不至于,粮站那么宽敞的水泥地就是让晒粮食的,而且同样"中枪"的粮农们也都纷纷卸下粮食袋子,清扫出一块地方准备摊晒了。赵广厚和杨翠娥也赶紧找了块地方,把自家车上的编织袋卸下来,留下赵广厚一个人慢慢地把麦子摊铺开,杨翠娥则脚步匆匆赶回家。

回家去有两件事要干。一是要拿扫帚、木锨,一会儿麦子晒好了装的时候要用,第二件事才是重要的,就是孙子孙女起床啦,要吃要喝呢。这公粮肯定是一时半会儿交不了啦,娃娃们一直在家里待着,大人自然是放不下心的。杨翠娥回到家,先照护两个娃娃吃了饭,然后找了块笼布包了两个馍夹菜,灌了一壶凉开水。想了想,又给衣袋里装了两块钱,两个娃娃到了镇上难免要买些好吃的。

听说要去粮站,两个娃娃都很兴奋,欢呼雀跃、活蹦乱跳,稍大点的孙子帮奶奶背了馍包包和水壶,杨翠娥扛了木锨和扫帚,引着孙女,又赶回了粮站。

炎炎烈日普照下的水泥地面温度上升得很快,麦子晒上一两个小时也就行了,晒得太干分量就会大大减少了。粮农们这一点还是很清楚的,所以虽然中午时分的太阳正是最毒辣的时候,但还是打着赤膊戴着草帽也要把麦子尽快装回袋子里。这下热乎乎干嗖嗖的,验粮员肯定再没话可说了。

两个孩子坐在台阶阴凉下嘻嘻哈哈地玩着游戏,赵广厚和杨翠娥弯着腰低着头抓紧时间起堆、装袋,汗水混着尘土满脸满胳膊地流也顾不上擦一把。验收没过关的粮农都重新装好了粮食和早上没轮上验收的都在排队等下午验粮员上班呢,如果排在了老后面,快到下班时间人家验粮员就不验了,今天一天的张结就白费了。

老天还算长眼,日薄西山的时候,赵广厚老汉的公粮终于过了磅秤。司磅员盘坐在木椅上,叼着一支烟,手指敲着秤砣,"快点,快点,把你的搬下去。快下班了,后面还有人呢!"

杨翠娥赶紧帮助老伴把磅上的粮食袋往库房门口挪。还好,库房就只离两三米远。赵广厚吩咐老伴去照看孩子,天快黑了,不要让他们乱跑,剩下的活儿自己慢慢干就行。

库管员靠着库房的门墙,盯着往里面扛粮包的人一个劲地喊:"往上走,到最上头再倒,不要挡住了人家的路。"

库房高大宽敞,足有二三百平方米,黄澄澄的麦子堆积如山,最高处距房顶估计也就只有一米多,反正人上到了顶是直不起腰的。麦堆上放着三条尺把宽的木板,接龙似的连在一起,歪歪扭扭地从库房门口通到麦山顶,上面倒是钉了不少横木条作为脚蹬,但多处已被四处流泻的麦粒所掩埋,一不留心就有滑倒的可能。

赵广厚战战兢兢、如履薄冰地扛了几袋,顿时汗流浃背,气都有点喘不上来了。想当年在生产队里搞装卸时,200斤的麻包抓住一个角,胳膊一甩就撂到了背上,一马车的东西几分钟内就能结束战斗。唉,好汉不能提当年勇了,50多岁的人怎么能和20多岁的小伙相比呢?

比是不能比,但粮包还是要扛完的,库管员已支应了一天,人家也急着收工回家呢。

赵广厚真后悔不该在最后一刻松那一口气。那时他已经把最后一袋麦子扛到了麦山的最顶端,而且已经把粮包从背上卸下来放在了粮堆上,正在解口绳的当儿,忽然觉得腰杆酸胀难受,想要挺直一下的时候,后脑勺却撞到了屋顶,顿时一阵眩晕,脚下一滑,骨碌碌顺着木板就滚了下去……

第五章

4

赵洋是在放暑假回到家里的时候,才听5岁的侄子偷偷给他说的。虽然那天并没有出现多大的险情,但着实把杨翠娥吓得不轻,她坚持让老伴和孙子孙女都坐到拉拉车上,自己把他们怔推了回去。赵广厚回到家躺了一个晚上,第二天起来活动活动筋骨,觉得还差不多,应该没有啥问题。他再三叮咛老伴,不要把这事给儿子儿媳说,免得他们在外面干活儿都心神不宁,当然也不要给小儿子赵洋说,他一个学生娃,能起了啥作用?再说大三学业重,不要让他分心。

这就是让赵洋面对前途,感到无法抉择的原因。

得知这件事后,赵洋硬是呆愣了半天,尽管放假回来这几天,父亲该干啥还干啥,观察不出那天的意外对他造成了啥影响,但在赵洋看来,父亲母亲都确实老了,只是自己平时没有在意。

从小在眼中就伟岸高大的父亲不知什么时候变成和自己一样的个头了,甚至因为有些驼背,父亲有时显得比赵洋还要矮些。母亲呢,两个鬓角竟然已全变成了密密的白发,而在赵洋的记忆里,母亲做女子时在舅家和姨妈的黑白照片上,那根乌黑粗长的麻花辫子还依然清晰如昨呢。

时光真快呀!是的,自己都从一个懵懂顽童成长为一个大学生了,侄子都上幼儿园了,小侄女也会叫"爸爸妈妈爷爷奶奶"了,父亲母亲能不老吗?

哥哥嫂嫂去广州打工的事,父亲在信里都给赵洋说过。他也赞成哥哥嫂嫂的做法。毕竟现在村里的年轻人基本上都外出创业了,不管干什么,还是感觉比死守着那几亩地单纯种庄稼挣钱要快些、要多些。他听父亲说哥哥在广州干得还不错,打心眼里也感到高兴。从小到大,哥哥对他照护有加,兄弟之间情深义重。哥哥在南方能站稳脚、挣下钱,嫂嫂侄子侄女日子就能过得更好些,父亲母亲心头的压力也就小了,也就能省好多心了。

可是，父亲的这次事故，使赵洋不得不加深思考这个问题。父母年纪越来越大了，许多农活慢慢也就干不动。在如今机械化还不是很普及的农村，家里没有个年轻强壮的劳力是不行的，你不可能总让别人帮着干，农忙的时候家家都没有闲人。

哥哥在广州干得差不多，嫂嫂也跟着过去了，而且听说运城地区行署的领导也青睐于南方的果品市场，计划采取措施进一步扩大运城水果在广州地区的销售。如果真是这样的话，李旭林的生意肯定会做得更大，那么哥哥嫂嫂也就会在那里安定下来，最起码近几年不会返回运城了。

哥哥和嫂嫂都没有念过多少书，平时在村里干农活打零工，要想找个稳定的又能挣下钱的工作的确不容易，跟着李旭林在广州能长期干下去自然是再好不过的事情，全家人都不希望再出现什么变化。

那要变化的只能是赵洋自己了。对于毕业以后的去向，大三的学生早就开始谋划了，赵洋也不例外。距离运城最近的大城市就是西安了，可是偌大的西安城自己是举目无亲，一点关系都没有呀！专业成绩在班里只能算个中游，靠学校推荐分配或者留校的可能性基本为零。沈曼娜的信誓旦旦倒是触动了赵洋的心，他能感受出沈曼娜对他的真情实意,虽然自大一开始人家父母就诚意相邀,可到现在为止自己都没有上门回应过,如今更不好意思麻烦人家家长为自己托关系找出路了。如果凭自己努力在那里能挣得立足之地那是再好不过了,那样就可以名正言顺地在美丽的黄浦江畔,和沈曼娜一起散步、聊天,谈工作、谈文学、谈……

可如今,这一切都只能成为梦想。且不说如沈曼娜信中所写,如今的浦东新区,可谓是精英汇聚、人才济济,一个外地的本科生,如果没有一项很优越的技能或是相当的关系网,要想在当地找个待遇不错的工作站稳脚跟,简直比一步登天还难。就父母亲目前的情况也不容许他远走上海呀!父母日益年长,兄弟两个都远离家乡,这怎么能行呢?

有人说,农村人外出漂泊,带不走的只有两样东西——不尽的乡情和年迈的双亲。其实浓浓的乡情里面很大一部分都是跟亲人有关系的,尤其是父母。农村的父母没有退休金,没有可靠的医疗保障,没有早上到公园唱歌、晚上去广场散步的时间。村里的年轻人纷纷外出打工、创业的情况下,家里面的农活还得需要父母去劳作,他们舍不得让祖祖辈辈赖以生存的土地就那么闲置荒芜,但是日渐羸弱的身体却使他们心有余而力不足。尤其是当疾病来临的时候,他们有时甚至连日常生计都难以维持。其实不光是农村,城市年迈的父母又何尝不是如此?大一暑假卖西瓜见到的孙老太及老伴不也面临这种情况吗?好的是,人家夫妻俩都有退休工资,住家距医院又近,老伴老杨还是离休干部,医疗费全报全销,农村的父母哪能有这份便利呢?

哥哥嫂嫂念书少,找个工作不容易,但自己好歹是大学本科生、经济学学士了,纵然在上海浦东算不上个什么人才,但是回到运城要找个差不多的工作应该还是没有问题的吧?

赵洋是这么想着的,所以当沈曼娜从上海回来找他见面的时候,他便拿定了主意。

其时已是春暖花开的季节。和前两年不同,1993年的春节明显来早了好些,赵洋他们大学生涯的最后一个学期也就早早地来到了。

沈曼娜结束了在上海的实习,回到了学校。第八学期还有好几门专业课要学,而且毕业论文也要着手开始准备了。赵洋他们班学生系里统一安排都在西安市内实习,早去晚归,就住在学校内。

虽然不是经济特区,但作为沿海的大都市,上海的现代化氛围确实不是西安能比的。西安是千载古都,底蕴深厚,上海是百年新城,朝气蓬勃,难怪更能吸引年轻人去开拓、去创新。

半年的实习让沈曼娜不仅获取了实践经验,更是增长了阅历见识。这个从小就生长在大城市的女孩丝毫不掩饰对自己未来生活环境的倾慕。

"你知道吗?赵洋,咱们的总设计师今年就是在上海过的春节。他老人家专门对上海的发展进行了点拨,而且,听说今年国家在金融体制改革方面要有大动作,上交所的市场前景将是无限光明、不可估量的……"

"那肯定的啦!上海位置那么好,又是中国的经济中心,而且国务院分管经济的副总理朱镕基曾经主政上海好几年,对上海各个方面都了如指掌。浦东新区的发展速度肯定不会亚于深圳的。"

"那你到底想得怎么样了?什么时候决定呀?"沈曼娜扯了一下赵洋,眼睛直勾勾盯着他。

赵洋避开她的目光,沉默了一会儿,深深地吐了一口气,看着她,轻轻而坚定地说道:"我不能麻烦你的家人。工作的事情我自己努力争取吧!"

沈曼娜一下子急了:"你有多大能力呀?你就不清楚上海现在的就业形势,硕士、博士在那里都是大街上满街跑呢,谁稀罕你一个本科生呢?你是怕别人说你找关系吗?关系是什么?关系是一种人脉资源!咱只要不违法,正常地运用关系,是对资源的有效利用。就像金融市场上的借贷资本,我们可以用别人的钱,来满足自己的所需所求。这就是有效地利用闲置的资金资源,使其效益最大化。我也了解过,在咱们中国人的旧观念里,以不欠别人的钱为最好,这样就没有生存压力,哪怕自己节节俭俭地过日子。可是,现在中国是新时代了,是经济市场了。社会发展迅速、日新月异,许多项目的投资需要大量的资金,自然离不开借贷资本。通过借贷资本,盘活了资金,取得了双赢,有什么不好?"

"我明白这个,我……"赵洋口笨舌拙,不知道该如何给她解释。

"你就是不想欠我这个人情,是吧?这都是什么时候啦,你还这么见外?"

"我不是怕欠你人情,我是……"赵洋不知该不该给沈曼娜说出自己的想法。沈曼娜是城市里面长大的孩子,家境优越,父母亲人都有不错的工作,即使说了她也不可能理解自己的顾虑。

"你就是怕人说你托关系走后门。浦东那么大,人才需求要有多少我们根本不清楚。你学历虽然不是很高,但你还有写作及其他方面的特长,也许有的单位正好需要这样的人才,我爸的朋友毕竟对那里熟悉,了解的要多一些,就很有可能顺利实现供需对接。你说我说的有道理吗?"

"我也不是怕这个。你……让我再考虑考虑吧……"赵洋觉得自己快守不住阵地了,他心里一阵乱糟糟。

"你傻呀你傻呀!这都啥时候了你还要考虑?"沈曼娜生气了,她捶了赵洋一小拳,"你以前不是这么犹犹豫豫的人呀!你有什么想法你就说,你要是实在不想和我在一起,我也不勉强你。"

沈曼娜说完这句话,眼角都现出了一圈红,赵洋登时慌了,他抱住她的双肩说道:"不是的,曼娜!不是你想象的那样。你听我解释……"

"我不想听你解释!"沈曼娜奋力推开赵洋的双手,扭过了身去,"我不理你啦!我也不管你的事了,你想怎么办就怎么办吧。你要能想通,就尽快过来找我,你要想不通,那我就一个人去上海!"说完话,用脚狠狠地踩了一下地,"嘀嘀嘀"地走远了。

第五章

5

赵洋被安排在一家企业的人事部门进行实习。但每天并没有什么实质性的工作,大多是打打热水、擦擦桌子、拖拖地板而已,能整理整理文件已经算是相当不错的了。这样无聊的日子过起来也快,不觉间就到"五一"了。

前几天,王红雷过来找他,两人计划"五一"期间回运城转转。王红雷在《农民日报》陕西记者站实习,平时挺忙碌的,今年的"五一"是星期六,连着周日能放两天,正好可以回家一趟,见见父母,商量商量将来工作的事情,虽然家人们对他们的就业也帮不上什么大忙,但征求一下家人的意见,听听他们的想法,心里多多少少能踏实一些。

逢上节假日,火车上的人照例很多。赵洋和王红雷又照着老办法,买了一张车票和一张站台票挤进了列车车厢。已经接近立夏节气了,车厢里人声鼎沸,过道上和车厢交界处都站满了人,有些人干脆铺了张报纸或编织袋直接钻在了座位下面开始呼呼大睡,所以尽管好多车窗都是半开着,但空气仍是相当闷热。

但赵洋和王红雷却并不讨厌这种气氛。因为像这么拥挤的情况下,工作人员很少会过来查票。即使查票,也要很费劲才能一步步挤过来,趁这工夫,他俩其中一个就会躲进厕所里。下了火车出站的时候,他俩会磨磨蹭蹭到站台上行客散尽,工作人员撤走后才沿着铁路走上一大截从其他地方出去。虽然作为大学生,他们也知道这是不对的,但"五一""国庆"不能用学生证买半票,一来回要花费几十块钱,想想父母的辛苦,他们还是忍不住逃了票。

到了运城后,两人在站前广场的关公像边上分了手。王红雷坐上去西姚的公共汽车回家了,去龙居方向的车全都停在火车站往南500米左右的五洲汽车站。赵洋两手空空,啥也没带,大踏步就往那里走去。

"哎,这不是……赵洋吗?"

赵洋停住脚步,扭头一看,是那年暑假里和哥哥进城卖西瓜时认识的老太太乔老师,她手里提着一个纺布袋,站在台阶的树荫下。

"哦,乔老师!"赵洋赶紧笑了一下。老太太人挺好,第二年暑假里,他和哥哥再次到城里卖西瓜,老太太仍然是每天都在西花园街口等候他们,给他们介绍顾客,送凉开水还有饼夹肉。照护得兄弟俩都不好意思每天都去那里,但是那个地方确实卖得快,赵海隔三差五还是会把手扶车开到那里。

"您是要去哪里,乔老师?"

"我没事,瞎转悠,遛遛腿。"乔老师笑眯眯地看着他说,"倒是你急匆匆地准备去干啥?你不是在西安上大学吗?毕业啦?你好像瘦了不少……"

"唉……"

回到家也没有什么急着要办的事,赵洋便站到树荫下,把临近毕业寻找工作的情况给乔老师全盘说了一遍。老太太听得很认真,末了对赵洋说:"这样吧,你给我留一个地址。我听我们家老杨头说,他们单位后半年要招一批年轻人。你学的专业和银行也算对口着,考试什么的应该都没多大问题。我让他给你留心着,有啥事我会及时给你说。"又叹了一口气,"唉,现在社会变化的,大学生都不好找工作啦!"

赵洋自然是异常的欣喜,不管有多大的希望,这总算是一条出路,而且银行是效益很不错的单位呀,他好多同学都巴不得进这种单位呢。

乔老师真是一个热心人哪!

辞别乔老师后,赵洋立马心情好了起来。这一段日子因为前途困扰而带来的沉沉阴霾也驱散了好许,脚步不觉间都轻快起来。

赵广厚并不知道小儿子要回来,这段时间地里也没有多少活儿,麦子还要等二十来天才能收割,棉花主要就是喷点药,治一治腻虫。给棉花喷药的活,他能干得了。小儿子大四了,面临毕业,忙,能不打扰就不打扰。虽然广厚老汉是个地地道道的农民,可自从赵洋考上大学以后,他就变得爱看电视上的新闻节目,爱了解一些国家大事了,每逢赵洋在家还经常找小儿子聊一些时政新闻。因而,当今大学生就业问题他也是略知一二的。

了解是了解一些,但赵广厚肚子里是透亮得很,儿子工作的事情只能靠他个人,自己和他妈都是老农民一个,没钱送礼也没人际关系,再着急都是白费,心有余而力不足。

赵洋知道,这个时候自己回家家人肯定会询问毕业分配的事。"报喜不报忧",父母虽然没有能力为自己开辟未来的天地,但心中的牵挂还是一丝都不会少的。他不想让父母为他过多地操心,所以,一回到家,在饭桌上赵洋就把他在火车站前碰见乔老师,乔老师答应为他跑工作的事告诉了父母。

赵广厚紧锁的眉头明显舒展了好些,杨翠娥则惊喜地半张着嘴巴,不住地念叨着:"贵人呀！贵人呀！"右手盛着汤的勺子颤抖着,好几次都没有倒进碗里。

赵广厚左右吹着气,"吸溜吸溜"地喝了几口热汤,放下碗,对儿子说:"洋洋啊,你可真是遇见好人了。虽说那年你帮过人家一次,可人家也给你和你哥引了不少客户,还给你俩送水送吃的,而且这都好几年了人家还惦记着这事,说明确实是一个好心人、实在人。"他沉思了一下继续说,"我看这样,人家应承给咱办事,咱们也要有个心意,提个东西,抽空到人家屋里头坐坐。现在办啥事都不是白办的,咱们不能亏人家。"

"嗯！"赵洋点着头,"我也是这么想,就是不知道该给人家拿些啥东西。"

"唉,咱农村也没有啥好东西。值钱的东西咱也拿不出来,苹果啦,梨桃啦,城里到处有卖,人家也不稀罕……"

"要不……"杨翠娥放下手中的筷子,试探性地说,"去年不是还留了两编织袋弹好的棉花吗?虎子和妮妮的棉衣服不行多凑合上一年,今年的新棉花下来了再给他俩换?"

虎子和妮妮是哥哥赵海的一双儿女。小孩子不耐冻,母亲每年都要给两个孩子做上两身棉衣裤和小褥子。

"哦,城里人缺棉花。这几年种的人少了,这个他们可能还稀罕一些。是,是。"赵广厚连连点着头,却突然停顿了一下,"可是……你不是说炕上的大褥子早就硬得和砖头差不多了,今年非得换不行么?"

"你这死脑筋!"杨翠娥狠狠地瞪了老伴一眼,"是要换,是要换,可是哪一个更重要呢?就是砖头褥子,再睡一冬也冰不死,娃的前途能耽误得起吗?"

即便只有一丝希望,也要费尽全力去争取。赵洋提着两编织袋鼓囊囊的棉花登上了通向运城的公共汽车。两袋棉花并不重,总共才有二三十斤,但提在手上赵洋却感到沉甸甸的很有些分量。原本他拒绝沈曼娜的好意而执意回运城,是为了减轻父母的负担,却不想还是少不了父母的费心。

相对于赵洋的心事重重,姚晓雨的心情则是明显的欢欣愉悦。她刚刚参加完TOEFL考试,8到10天成绩就能出来。她对自己的考试表现还算满意,自信会迎来一个美好的结果。只要TOEFL考试顺利过关,那她就能成功获取得克萨斯A&M大学研究生资格的门票,此前孙鹏告诉她,经研究项目团队推荐,得克萨斯A&M大学已经通过了她的专业申请,就差这个TOEFL考试的成绩了。

好朋友李百灵呢,她在西安市的一家大型中药材企业实习。李百灵计划就留在西安,她也对目前的实习单位挺中意。为了能和她在一起,经李百灵劝说,王红雷放弃了去南方发展的念头,打算就留在《农民日报》陕西记者站。作为科班出身的专业型人才,王红雷不仅具备极强的新闻敏锐性,还具有新颖独特的观察视角,实习期间,他已有3篇关于杨陵地区"三农"情况的通讯报道得到了报社总编室的肯定和表彰,留在记者站工作应该不是什么大问题。

现在,不清楚情况的就只剩下赵洋了。这个外表坚毅,内心却柔肠万千的大男孩,在那个冬末的年关,在那个清冷的荒地里,在姚晓云的坟头,真的就守了三天三夜。白天,赵洋就在坟前的麦秸上,双腿一盘,静静地一坐就是一响。天黑了,他便用树枝和秸秆燃起一堆火,一直坐到深夜。那时正是大寒节气,"三九四九,冻破石头",姚晓雨连劝带拉,把他拽回了工厂值班室,那里面好歹有个蜂窝煤炉子。回到房里,赵洋便在一个本子上开始写写画画,第二天早上全部点燃在坟头。

姚晓雨呢,就默默地陪伴着他,按时给他做好饭。其实,也不是做什么饭,就是把过事时剩下的馍馍和菜热一热。即使这样,赵洋也觉得不合适,他好几次劝说姚晓雨回家去。

"小雨,你回去吧,家里还有许多事要干呢。你把馍馍菜放那里,我饿了自己热一热就行了。"

"我不放心你。你这样魂不守舍的,哪能照顾了你自己?"

"没事的。"赵洋沙哑着嗓子低低说道,"我只是心里乱,但我脑子清醒着呢。你爸说的也有些道理,你一个姑娘家,跟我整天整夜地待在这里也确实……"

"确实什么?"姚晓雨一扬头,"我已经是成人了,我跟谁待在一块儿那是我的自由。我在这里主要是陪我姐姐。再说了,这也算是我家的工厂,我在这里也是看守厂子。谁的流言蜚语我都不怕,我不是为他们而活。"

和性格温绵的姚晓云不一样,姚晓雨的脾气倔起来连姚满财也奈何不得。这不,她专门从家里取来几颗鸡蛋,她要给赵洋烧鸡蛋面汤。这么冷的天,不喝汤怎么能行呢?姚满财最后也没有阻拦她,撇过脸去算是默许了。他心里还是有着深深的愧疚哪。

赵洋在坟前守了三天三夜,离开的时候正值夕阳西下。姚晓雨看着他走上姚遐渠,沿着小路向他们村子方向走去。赵洋走得很慢,并且登上姚遐渠之后,又掉过头来,对着姚晓云的坟茔呆呆地注视了好久才缓缓转过身慢慢走远。落日余晖披在他的身上,投下长长的影子。西风轻扫,秃枝摇曳,一只老鸦"嘎嘎"地飞过,消失在天际。

"你也回家去吧,这里冷!"他再一次回过头,朝她挥了挥手。姚晓雨点了点头,也冲他挥挥手,泪水晶莹间,她看着他带着一身萧条和没落,在林间小径中渐走渐远。

那一刻,赵洋走出了姚晓雨的视野。那一刻,他却走进了她的内心深处,使姚晓雨心中本来就留有赵洋的空间瞬时膨胀扩大。

她开始时不时地牵挂起赵洋来,这种念头让她自己都感到有些莫名。

可是现在,偏偏联系不上的就是赵洋。这一年多,尤其是进入大四以来,姚晓雨确实很忙碌,春节她都没有回家过,整个一个寒假,她不是泡在图书馆里,就是随孙鹏一起外出考察调研。如今总算能松一口气了,看看周围,大多数的同学前途都已确定了,包括刘扬。

作为校学生会副主席、院学生会主席,刘扬无疑也是一名优秀的毕业生,他的就业肯定不会有多大问题。这不,远远地看见姚晓雨,他就快步走了过来。

"晓雨,告诉你一个好消息。"刘扬俊朗的眉间洋溢着自信的笑意,"我留校的事情搞定了。就是我一直想去的校团委。"

对于刘扬,姚晓雨还是有好感的。这是一个性格外向、热情大方的男孩,大学四年里也给过她不少帮助。

"恭喜你如愿以偿!"姚晓雨盈盈一笑,伸出右手和他相握,"你能说会道,交际又广,组织能力也强,团委工作很适合你的,你肯定是如鱼得水,前途无量。"

"谢谢才女的夸赞和祝愿!"刘扬突然间竟觉得脸有些发烫,难道是紧张和兴奋的缘故吗?他却又深深地叹了口气,幽幽说道,"再如鱼得水,也得不到你的芳心呀!"

姚晓雨避开刘扬直视的目光,轻声而坚定地说:"人生的知己有好多种,不一定非要成为伴侣才算是真情。

我这人性格内向,不擅长交际,但你是我在西农认识的最好的朋友之一,你身上有好多优点值得我去学习。不管你我将来会去哪里,但肯定还会有相聚的时候。见面的那一刻,我定然会在你面前拱手揖礼,说:'师兄,请多指教!'"说着,扭头对着他,真的右手压左手,给刘扬施了一个礼。

刘扬一下子被逗笑了,他轻拍了一下姚晓雨的小手,说:"想不到你这理科才女还如此精通中华礼仪?唉,算了,强扭的瓜不甜。你这么可爱,我也不忍心勉强你,一切就顺其自然吧。不过,"他停顿了一下,又说道,"晓雨,你能给我说实话吗,你有心仪的对象吗?"

姚晓雨沉默了一下,抬起头看着刘扬,轻轻地说:

"有!"

"是孙鹏吗?"刘扬急切地问。

"不是。"姚晓雨摇摇头,"和你一样,在我心中,孙博士也是一位优秀的学长,他的才华学识和工作能力让我钦佩,但他还不是我理想中的人生伴侣。"

"哦?"刘扬似乎松了口气,他又不甘心地问,"那你理想中的这个人一定是个很卓越的人才了?"

"不,他不卓越,甚至学业也算不上很优秀。"姚晓雨若有所思,缓缓说道,"刘扬,你不得不承认,人与人之间的缘分,真的很奇妙。往往一件不经意的事情,就能够让你了解一个人,识透他的内心和本性,让你觉得足以托付终身!"

"是吗？真有这么个人吗?"刘扬瞪大了眼,连声追问道,"他是谁？你能介绍让我认识一下吗?"

姚晓雨继续摇着头,目光向东北而望,穿过城市穿过乡村,穿过河流和山野,落在了西安,落在了河东大地,她喃喃地说:"现在,我也没有他的消息!"

第五章

6

是的,几乎所有人都没有赵洋的消息,不知道他近来的情况如何,因为赵洋不想让他们知道。

不想让人知道自己的情况,是因为赵洋肚子里很清楚,急切想了解自己情况的人,都是自己的亲人和朋友,而他偏偏不想让这个坏消息被关心自己的人知晓,那样只会加重他们的心理负担,让他们悲伤难过却于事无补。

乔老师丈夫老杨单位的招聘,一个月前赵洋就参加了笔试,八十多个人中考了个第四。听说招聘名额有10个呢,加上面试环节感觉考官们对他的表现还算满意,赵洋考完后就没有再去乔老师家。要是去了人家肯定会询问他的考试情况,老杨叔年纪那么大了,又拖着病体行动不便,他实在是不愿再麻烦人家。非亲非故,两位老人能给他提供这么一个机会,赵洋已是感恩不尽了。

可是,这么长时间过去了,眼看已经进入九月了,却还是没有丝毫的消息传来。赵洋自然有些坐卧不宁了,父母亲也整日忐忑不安,念念叨叨,催他去城里,到乔老师家打探一下情况。

一大早,赵洋提着昨天下午父亲专门从龙居镇上买的两包"福同惠"月饼和半编织袋绿豆,在村口搭上公共汽车,急匆匆赶往红旗西街乔老师家。

乔老师有些意外,更是有些着急。她一边轻声埋怨赵洋为啥不早点过来找她,一边催着老杨,让他赶紧去单位了解一下情况。

快吃午饭的时候,老杨回来了。赵洋从他凝重的脸色上已看出了答案。老杨说,招聘上的人员已经到岗上班了,没聘上的就没有另行告知。这次招聘竞争得厉害,因为需要解决的内部子弟太多了。他虽然也给主管此事的人力资源部负责人打过招呼,但毕竟退休多年,说话也不怎么好使了。

尽管也猜想过各种意外,但这个结果还是让赵洋难以接受。他只认为两项考试自己都还算优秀,却没有想到面临的对手都是一帮内部子弟。这让他一下子大脑混沌,不知该如何是好。

还是乔老师打破了沉默局面,她边收拾饭桌便劝慰他说:"这事已经如此了,就没必要再为它烦心了。这银行新老更替,说不定年年都要招人呢。今年咱吃了这亏,明年咱就提前留心着。再说其他金融部门也可能招人,我和你伯伯都操心着,有情况就及时给你说。来,先吃饭吧。洋洋你一大早从家里来,现在肯定都饿了。"

赵洋此时哪有心思吃饭,但他怕过度推辞会造成乔老师夫妻心头压力,便说自己来时都已吃过了早饭,村里早饭吃得比较迟,现在也不饿。乔老师硬给他盛了一碗。

熬到吃完饭,老杨喝完药歇息去了,赵洋赶紧起身告辞。乔老师还是不停地宽慰着他,送他到门口。赵洋正要走时,乔老师从衣袋里突然掏出3张百元大钞塞给他,"洋洋,你听阿姨说,你这么好的大学生,肯定能找个好工作的。这次你伯伯没把你事情办好,很对不起你。你看你来来回回非要给我拿这么多东西,我也无法不收。村里人挣个钱不容易,你以后跑工作还要花钱。你把这装上,能帮多大忙算多大!"

赵洋吃了一惊,赶紧挡了回去,"乔老师,这万万使不得。您和伯伯这次给我提供这么好的一个机会,只能怨我想得太简单,没有把握住,你们还是费了不少辛苦。就不说这,前几年我和我哥卖瓜,您每天都过来照护,送吃送喝,我怎么也应该拿点东西看望你们。你们都是我的长辈,你们的心情我都理解,不用觉得愧疚,您和伯伯都尽心尽力啦,我知道的。我还会再想其他办法的。只要努力,天无绝人之路。你们就不要操心我了。"

赵洋死活推回了钱,辞别乔老师来到了大街上。大街上行人车辆来来往往,赵洋却一片惘然,不知何去何从。

回到家该怎么给父母答复呢?刚考完的那几天,自己还信心十足地给父母说很有把握呢。唉,怪只怪自己把事情想得太简单了!

该怎么办呢?

该怎么办呢?

该怎么办呢?

赵洋头脑中一团乱糟糟,两腿机械性地向前挪动着,过了西花园,过了烈士陵园,过了新修建的圣惠桥口,穿过偏僻的西郊荒野,一条土岭赫然横卧在面前。

姚暹渠!

姚暹渠西出运城市区,在这里折向西南,又倏地径直西去。这一段接近城区,来往行人较多,堤上树木稀少,小径稍宽,视野开阔。赵洋置身其上,茫茫四顾,却不知道自己的路该走向何方。

他便沿着姚暹渠的走向逶迤西行。小学五年级的时候,赵洋曾经走过这条路。那是村里小学组织学生清明节去烈士陵园扫墓,老师领着他们就是从这条路上去的。这里不是大路,车辆少安全些,而且到城跟前下去就正对烈士陵园所在的红旗西街。那时候的心情是极其愉快的,农村的娃娃们第一次去城里,都兴奋得要命,欢叫着,雀跃着,享受着春天的美景以及春天一般年华的美妙。

那样的时光多好呀!什么都不懂,什么都不用操心,只要快乐地成长就行了,无忧无虑。

赵洋脚步随意地走着,脑海里乱七八糟地想着。中午时分的渠堤没有什么行人,也不知过了多长时间,草木葱茏间,他看见渠南侧的地里矗立着几排房子,一座熟悉的坟茔出现在视野中。

竟然走到这里了?这可距运城市区有30多里哪!

赵洋绕过堤坡上的酸枣树,慢慢走了下来。姚晓云的坟头已经茵茵地长满了一层小草。他和姚晓雨栽植的两棵柏树长势不错,笔直挺立着,是在陪伴孤寂的亡灵,又似乎是在守候赵洋的到来。

晓云,你还好吗?你知道我此时的心情吗?

唉,不顺心的事情还是不告诉她了吧,免得让她操心、难过。和她静静地坐一会儿就行了。

清理了一下坟边的杂草,赵洋正准备坐下来,不远处的厂子大门"哐当"响了一下,姚满财走了出来。

姚满财只见过赵洋一面,记得不是很准确,但看见他在清除女儿坟头的杂草,又是年纪相仿,便猜想是他了。

"哦,赵洋啊,现在去哪里上班了?"姚满财在衣袋里摸索了半天,掏出一盒皱皱巴巴的纸烟,准备递让一支给赵洋。

"谢谢叔。"赵洋摆摆手,"我没有抽烟的习惯。"他想了一下,觉得今天的事情也没有必要告诉姚满财,便淡淡地应了一句,"工作的事情目前还没有搞定,还不知道要去哪儿。"

"噢,现在这世道变啦,大学毕业都要个人自谋出路咯。"姚满财把纸烟塞回去,掏出旱烟袋,装了一锅,和赵洋分别找了块石头坐下来,"吧嗒吧嗒"抽了几口,长长地吐了几个烟圈,"你是个好娃,重情义、实在。这么好的大学生也为找工作发愁呀,唉!"

这一声叹息又让赵洋失落的心低沉了几分,他不想教这种压抑的气氛影响到姚晓云,便随意转移了一个话题,"叔,你现在在厂里忙啥呢?"

一问起这个,姚满财兴奋起来,他磕掉烟灰,把烟袋收拾起来,说:"我呀,目前想搞酸枣仁加工。酸枣仁可是重要的中药材,永远不愁销路。你看这姚暹渠上,漫坡遍野都是酸枣树,现在娃娃都不稀罕吃这个啦,一年一年多少酸枣落了长,长了落,多宝贵的中药资源都白白地浪费了,多可惜呀!"

"叔,你这个想法挺好。"酸枣仁的医药功效,赵洋多次听学中医的李百灵说过,唐代名医孙思邈曾用朱砂酸枣仁乳香治疗过癫狂症,也就是运城人所说的"羊羔疯","其实酸枣不光是果仁值钱,酸枣也可以加工做果脯、做饮料,纯天然、无污染。进行酸枣深加工,我觉得前景很好,有市场。"

"咳!"姚满财一拍大腿,激动地说,"你和我想到一块儿去啦。我走访了好几个地方,又问了李旭林还有其他经常在外跑的年轻人,他们也给我提过类似建议。只是这不光需要资金,还需要技术。"他沉默了一下,直盯着赵洋说道,"要不这样行不,洋洋,你不是还没有找到合适的工作吗?你愿意先在这里,和我合伙来开发这姚遐渠的酸枣吗?你们年轻人有想法,又有文化,干这肯定能行。唉!"他长吐了一口气,感叹道,"在村里摸爬滚打了这么几十年,什么苦都下过,什么钱也都挣过,可还是富裕不起来。现在我终于明白了其中的道理,不管是种庄稼还是办企业,没有文化、没有技术是不行的。所以,我需要像你这样的年轻人帮忙!"

赵洋愣了一下,尽管和姚晓雨在一起的时候,也曾经讨论过农村农业发展的前景,但真正要融入进去,自己却还没有认真地思考过。毕竟,当初寒窗苦读,考上大学,就是为跳出农门,在城市里找一份轻松体面的工作呀!

可是现实却是这样的无情。城市很大,却找不见自己的立足之地。

赵洋沉思良久,还是确定不下一个答案,他抬头对姚满财说:"叔,你让我回去再好好想一想,这对我来讲是一个重要的抉择。因为我一旦选择了一条路,我就会心无旁骛、全力以赴的。"他站起身来,回望了一眼姚晓云的坟茔,说,"叔,我要是想通了,明天就到这里来见你。"

回到家的时候,太阳挂在西天已经摇摇欲坠。父母也在家门口等候好久了。那事情是没法瞒的,赵洋便前前后后地细说了一遍。赵广厚和杨翠娥听罢,半晌沉默不语。

他们能说些什么呢?

倒是赵洋先开了口,他用蛮不在乎的语气说:"没事的。爸、妈,你俩不用愁。运城又不比西安是大城市,竞争的人多,这个工作没指望了,其他的还多呢。这一晌我再到其他地方打听打听。好歹还是大学生,再怎么也不至于连个工作都找不下吧?"他伸了一下懒腰,接着说,"我跑了一天,有些累。想早早睡觉,也想想再去哪块看看好些。真的不要紧,你们不要担心我,我肯定会很快找下合适的工作。"

话是这么说了,但赵洋心中一点底子都没有。他躺在自己的房间里翻来覆去地思考着白天姚满财说的话。真的就这么去吗?就这么再回到农村,重新又当一个农民?

他心有不甘!

想想当年在大队部戏台下见到成为市民的好朋友时的情景,想想沈曼娜生气转身离开时最后投下的幽怨目光,赵洋辗转反侧,毫无睡意。

可是现在该怎么办呢?记得临毕业的时候,老师就给他们说过:在大地方待靠能力,因为都是人生地不熟,只能凭自己;在小地方待则要靠关系,因为就那么大的范围,一竿子都能打出几个亲朋来,有关系就好办事。自己去不了大地方,在小地方又没有关系可找,该何去何从?

整个一晚上赵洋思绪翻滚,始终没有能够真正地睡着,又怕父母担心自己,一大早便早早起来了,仿佛没事人一样,清扫了一下院子,吃了些东西,对杨翠娥说:"妈,没啥事我就回房里再想想办法,昨天乔老师还给我说了好多其他的。你有啥事就喊叫我。"

杨翠娥应了一声,赵洋便回自己房里了,他现在有些瞌睡了。

不知过了多长时间,赵洋正睡得迷迷糊糊,听见母亲杨翠娥隔着窗户叫他:

"洋洋,洋洋,起来起来。有个女娃过来找你呢!"

赵洋翻身起来,简单整理了一下衣服,疑疑惑惑地走出房间,谁呀?这个时候怎么会有女生找他呢?

竟然是姚晓雨!

姚晓雨亭亭玉立地站在院子里。赵洋简直怀疑自己还没有睡醒。她身穿一套粉色的运动服,一头秀发随意地扎成马尾,显得矫健而俊美。

杨翠娥端了个洋瓷盆从南厦出来,见儿子还在发愣,赶紧催道:"你还站着干什么?人家都等你好半天了。来,来,这女女,你先吃个苹果,早上刚从地里面摘的。"把洋瓷盆里洗好的苹果就往姚晓雨手里塞。

"没事的,婶子。我刚吃过饭,饱饱的,你不用照护我。"姚晓雨冲着杨翠娥微微笑了一下,又把苹果放回盆里,"我就是找赵洋说会儿话。"说着,过来扯了一下赵洋的胳膊,和他又回到了房里。

"你怎么啦,大白天还在睡觉?"姚晓雨侧着头,审视着他。

赵洋挠了一下头,不好意思地说:"昨天跑了一天,晚上又没睡好,早上又起得早了些,所以有些瞌睡。"他靠在床边的桌子边,示意晓雨坐下,"你啥时候回来的?怎么还能找到我家咪?"

姚晓雨看看赵洋还没有来得及收拾的床铺,双手一展,"擦擦擦",三下五除二就拾掇整齐了,然后坐下来,看着他轻轻地说:"我今天一大早到家的。得克萨斯A&M大学对我的审核通过了,隔几天我还要回杨陵一趟,然后去美国读研。"

"是吗?真好!祝贺你,你确实太棒了!"赵洋一下子兴奋起来,心头的阴霾一扫而光,忍不住地抓起她的双手使劲地摇晃着,"你不仅是西农的骄傲,更是咱们运城人的骄傲!"

姚晓雨白皙的脸庞洋溢着红晕,身体顺着赵洋的摆动轻晃着,她盈盈的大眼睛中含满了笑意,她拉过赵洋在她身边坐下,"这些都不是重点。你知道我今天来找你的最主要目的吗?"

"怎么,还有更好的消息吗?"赵洋又一愣。

"是呀!"姚晓雨咬了一下下唇,直视着赵洋,说,"今天我来这里,主要就是想请你——'出山'。"

"出山?"赵洋怔了一下,随即明白了她的意思,"昨天我和你爸谈论的事情你都知道了?"

"是的。"姚晓雨轻轻叹了口气,说,"在我的记忆中,我爸从来就没有像其他好多农民一样,安安心心地在土地里面耕耘、播种、管理、收获,他总是不停地折腾,尝试个这个,尝试个那个,到头来,却往往是一无所获,甚至还赔了老本。他不是一个安于现状的农民,但那个特殊的年代却让他早早辍学,肚子里面没学下多少文化。在西农待了这么几年,我越来越觉得,不管是中国还是世界其他地方,农村要想现代化,首先农业要现代化,而农业要想现代化,首先农民要现代化,而现代化是离不开科学技术的。像咱们父辈这个年纪的人,能有这个意识已经不错了,但科学技术学习及应用,他们还是不如咱们年轻人的。"

姚晓雨说着,从随身带的包里取出一沓纸张,"今年8月20日,国务院第七次常务会议已经审议通过了《九十年代农业发展纲要(草案)》,全国农村工作会议10月份也要在北京召开,国家在农业方面将有许多大动作。"

赵洋顺着姚晓雨的手指,看到打印的白纸上她专门标记的一行行字。

> 加强农业科学研究和技术推广,带动农业向"高产、优质、高效"方向发展。继续组织农业综合开发,利用荒山、荒坡、荒水、荒滩、荒沙等农业后备资源,提高农业综合生产能力。优化农村产业和经济结构,大力发展创汇农业,使农业逐步走上"面向市场,利用资源,优化结构,提高效益"的道路。实行"种养加"、"贸工农"结合,开拓农村新兴产业,促进农林牧渔业与二、三产业协调发展,扩大农村就业领域,增加农民收入,实现小康目标。
>
> 农业生产必须遵循因地制宜、发挥各地自然资源和经济技术优势的原则,宜农则农、宜

林则林、宜牧则牧、宜渔则渔,促进农林牧副渔全面发展,推进农业生产的区域化、专业化、商品化。

农业综合开发要与本地区农田水利基本建设、扶贫开发、山区小流域综合治理、植树造林、以工代赈等紧密结合,相互配套,从宏观上构成大规模的整体开发工程。

要继续贯彻"积极扶持,合理规划,正确引导,加强管理"的方针,大力开拓与农业相关联的新兴产业,坚定不移地支持乡镇企业的发展。

制定政策措施,积极引导扶持乡镇企业健康发展。特别要大力扶持中西部乡镇企业的发展。人民银行安排用于中西部地区和少数民族地区的专项贷款每年应适当增加,重点支持中西部粮食主产区发展乡镇企业。国际金融组织的乡镇企业贷款也要重点向中西部地区倾斜。为了保证农业发展的需要,从中央到地方,计划、财政、信贷盘子都要优先保证农业资金,一定要下决心改变农业投资份额小的状况。

积极发展农工商一体化,创造条件推动农产品加工。

积极支持农民自办、联办服务组织。各级政府对农户自办、联办的社会化服务组织要给予支持,保护他们的合法权益。金融、科技、内外贸等部门要从资金、技术和物资供应上给予扶持。

"你看看,国家出台了这么多的好政策,对农业扶持力度之大,我感觉是前所未有。对了,据可靠消息说,国家还要进一步强化家庭联产承包责任制,稳定土地承包关系,为鼓励农民增加投入,决定延长土地承包年限,听说30年不变。这可是件大大的好事,这样一来,工厂占地的问题就不用考虑了。"

"是的,你爸的许多想法都和这些政策息息相关。"赵洋沉思着,说,"除去野生酸枣,还可以在姚遇渠上人工种植更新更好的品种,这样不光能提高酸枣产量,而且植树造林,还能起到涵养水源、保持水土的功效,一举多得。发展这方面的农产品加工,肯定是在国家政策的扶持范围之内,前景应该是不错的。"

"对呀!"姚晓雨收拾起资料装回包里,点点头说,

"顺应社会发展,紧随政策导向,满足市场需求,这也是你们经济学的重要概论。只要努力去做,用心去经营,在这上面你也照样可以充分发挥所学特长。何必发愁大学毕业找不到合适的工作？长风破浪会有时,直挂云帆济沧海!"

她说着,面对面看着赵洋,目光炙热,激情满怀。

姚晓雨的话语明显感染了赵洋,他站起来,来回走动着,"我也觉得'天生我材必有用'。'海阔凭鱼跃,天高任鸟飞',市场经济条件下,'三十六行,行行出状元'。只要认清形势,全力以赴,好好去干,定然会有成功的一天。何必去乞求别人的施舍呢？"

"说得好!"姚晓雨拍了两下手,站起身来,"怎么样,那咱俩就去见我爸吧!"

"行!"赵洋点了一下头,又迟疑了一下说,"不好意思,你在外面等我一下好吗？我换身衣服,洗把脸,咱们就走。"

"好吧,我等你!"姚晓雨扭身走了出去。

赵洋拾掇停当,给母亲简单说了一下,姚晓雨也向杨翠娥打了声招呼,两人各自骑上自行车,杨翠娥还追到大门外面,问:"怎么都不吃饭啦？吃了饭再走嘛!"两人冲她摆摆手,并行而去。

隔壁叶家婶子正在门前晒绿豆,半天才收回伸长的脖子,嘻嘻笑着说:"翠娥嫂,厉害呀!你洋洋大学才毕业,就把媳妇都引回来啦?"

"啥呀?"杨翠娥也不知该怎么回复她,"就没有听我洋洋说过这回事。人家女娃也是头一次过来,我都不知道人家女女是哪块的。"

"哪块的?那还用问?"叶家婶子扯着嗓子说,"村里面哪有这么好看的女娃。你看人家说话,啧啧,念的书多就是不一样。你和我广厚哥好福气呀,把娃供进大学,城里的媳妇就自动上门啦!"

"嘿嘿!"杨翠娥赔笑了两声,更不知道该怎么说了。昨天的烦心事情还在她的肚子里积压着呢,她不清楚两个人在房间里到底说了些啥,但是看起来儿子精神焕发,心情不错,应该不是件坏事吧?

第五章

7

晓云,我又回到了姚逼渠的脚下,这下就能日日夜夜地守在你的身边,你就不会再孤独寂寞了。你可要好好地保佑我,保佑你的父亲,让我们事业兴盛,心想事成哦!

既然确定了目标,就需要全力以赴。这一阵子,赵洋全身心地投入工厂的事情,吃住都在厂子里。他给家人说自己找了一个企业先干着,这么大的人了,总不能闲闲地坐在家里,一边干一边留心其他单位的招聘情况。赵洋不想让家人为自己担心,却又不想现在把自己在这里的情况告诉家人,他怕他们可能一下子理解不了他的选择,等干出个名堂再给他们说吧。

首先要解决的是资金问题。姚满财和李旭林商量后,决定尽快把厂子里的轧花和榨油那套设备处理掉。李旭林如今虽然忙于贩果和物流,厂子这边已经脱离了关系,但仍仗义地帮起了姚老哥的忙。他社交面广,结识的人多,在尽可能少折损的情况下把那些无用的机器转让了出去。即便如此,购买新的生产设备仍短缺2万多元,再加上启动运作中需要的周转资金,最少还得3万5000块钱。

只能靠贷款来解决了。

自从姚晓云去世以后,姚、王两家便没有再往来了。是呀,在农村,这本来就是两个迥然不同的家庭,又没有留下孩子可以牵挂,自然也就很难有什么交集了。虽然名义上还是姚家的女婿,但直到现在姚满财也不知道王伟的事情到底咋样了,他没时间也没心思去过问。多么乖巧温柔的女儿啊,就这么说没就没了!姚晓云的早逝,让本就瘦弱的姚满财更加憔悴了,也许当年给女儿选择的这桩婚姻真的就是一个错误,可是,时光能够倒流么?世界上有卖后悔药的地方么?

所以,提起贷款,姚满财坚决地断了再去找王秉禄的念头,赵洋不得不自己也绞起脑汁来。但他一个刚走出校门的大学生,踏入社会,举目茫茫,能有什么办法可想呢？唉，只能再求助于乔老师了。

也许是心中多多少少有一些内疚吧，乔老师几乎没多考虑就爽快地答应了赵洋的请求。作为经常观看新闻了解国家大事的知识分子，乔老师在详细了解了赵洋计划投资的项目后，也极为赞成，说这不失为大学生自主创业、自谋出路的一个好方式。她主动提出给赵洋贷款做担保，赵洋心头悬着的一块石头终于放了下来。他当然知道乔老师的这个决定对他贷款起着决定性的作用，否则，以他一个初出茅庐的毛头小子，无论如何也不可能这么顺利地办好手续。拿到贷款的那一刻，姚满财回想自己以前贷款的种种历程，禁不住连连唱叹。

有了乔老师及其老伴的帮助，资金欠缺的问题得到了解决。接下来，赵洋决定去工商局办理营业执照，因为有了营业执照做依托，一切将合法化、正规化，业务往来等方面就方便多了，而且也可以起到广告效应，有利于经营规模进一步扩大化，毕竟周边十里八村还没有这么个类似的企业。

注册公司需要跑好些部门，不是一天两天能办好的事情。赵洋便先跟姚晓雨去杨陵，姚晓雨带着他找了西农林学院野生植物资源开发与利用专业的几名教授，希望通过他们能在外面的市场上找一找最新培育的酸枣品种。

尽管从小就在姚暹渠上摘酸枣、吃酸枣,对酸枣并不陌生,但在杨陵的农业科技市场上,赵洋和姚晓雨才真正地见识到了什么是酸枣。药用枣仁的最好品种——圆酸枣,叶片小,长卵形,皮厚肉薄,味特酸,核大圆形,种仁饱满;适合食用的品种——扁酸枣,果实扁圆形,大小不等,红棕色,核小肉多;产量好的品种——秤砣酸枣,叶片较大,针刺少。倒卵形,像个秤砣,果实较小,黄棕色,果肉厚……

普普通通如野草般的酸枣竟然会有这么多品种,让赵洋不禁在心里暗暗惊奇。好在这些品种基本都具有耐旱、耐寒、耐碱特性,喜欢温暖干燥的气候,而姚暹渠临近盐湖,土质盐碱性极大,又坡高向阳,正是酸枣生长的绝佳环境。转了好些市场,看了诸多品种,赵洋心里既有一种惶恐不安的感觉,却也有一股莫名的兴奋。

也许,每一个创业者的初始心态都是这样的吧?忐忑与躁动并举,压力和动力同在!

第五章

8

春种一粒粟,秋收万颗子。酸枣虽然也可以通过种子繁殖,但新生的幼苗往往需要3年才能结果。因为资金方面的原因,赵洋从杨陵带回的酸枣新品种里面,有一部分是种子,但更多的是苗木。他利用冬闲的几个月时间,在工厂附近姚遑渠将近1000米范围的南坡上整修地形、清除杂草,修剪野生酸枣灌丛,空白处补栽人工新苗,并按照在杨陵买的技术书籍所说,通过分株繁殖和嫁接,将姚遑渠的南坡变成了一面颇为整齐的酸枣林屏障,又在渠下面工厂周边李旭林家剩余的五六亩盐碱地上,把买回的酸枣种子全部种了进去。

1994年的春天来临了,温暖湿润的东南风越过中条山脉,给河东大地重新披上了一身绿装。看吧,姚遥渠的南坡上,丛丛的酸枣林都在轻风中舒展着枝丫,紫褐色的枝头已长出了嫩嫩的新枝。姚晓云的坟茔周侧尤为向阳,酸枣树上椭圆的叶片早已密密麻麻,叶腋之间,不时有三五朵黄绿色的小花欣欣然簇簇地探出头来,吸引着蜂儿、蝴蝶嗡嗡飞舞、流连忘返。渠下面的平地上,孕育一冬的种子也发芽破土了,一行行,一排排,嫩绿嫩绿的,好像布阵的士兵,精神抖擞,经过甘霖的滋润,已蹿得有半尺高了。这些都是赵洋从杨陵市场上购回的药用枣仁园酸枣的最新品种,在科学技术力量的支撑下,第二年就可以实现小规模挂果。

在赵洋的设想里,除去加工药用酸枣仁之外,他还计划利用酸枣果肉加工制作酸枣粉、酸枣糕、酸枣汁及酸枣酒等食品系列,这些技术和工艺流程他在杨陵也已买下了资料。传统的酸枣褪皮多采用踩踩、碾压和浸泡方法,肉核分离后,果肉大多无法再利用,但现在购置了脱皮机、去核机及筛选机后,不光加工酸枣仁流程大大加快,分离后的酸枣果肉仍然在食品加工方面可以得到有效利用,这就大大地提高了资源利用率,减少了浪费。

酸枣仁加工投入生产后,经过一个冬季的运作,效益还可以。为了获取稳定的原料来源,赵洋和姚满财商量,一开始就把酸枣收购价定在一斤8毛钱,并专门雇人在方圆几十里范围内的村子边、大路旁等显眼的地方刷上广告,结果把稷山、绛县等地的酸枣都给吸引过来了。原料筛选上赵洋严格把关,按照质材详细分为好几类,确保加工出来的酸枣仁个大饱满、紫红油亮,这样才能创出品牌,提高知名度。因为李百灵给他联系了西安几家中药材企业,人家出的价格高,但是对酸枣仁成品要求也高,赵洋不敢大意。

厂子后院内堆积的加工后的酸枣废料也让赵洋颇伤脑筋,红红的果肉曾经让多少个孩子馋涎欲滴呀,现在只能白白地扔在那里,等沤烂了第二年开春好给土地做肥料。赵洋空有着利用酸枣果肉进行深加工的美好构想,却只能望而兴叹。

创业路上,从来不缺乏梦想,缺乏的只有资金。

这个时候,杨康来找上门来了。

杨康来是姚满财村的村委会主任,赵洋不认得他,他也不认识赵洋,杨康来是过来找姚满财的。

姚满财有些意外。杨康来是姚满财辞去生产队会计以后才干的村委主任,两人以前并不是很熟,平时也不怎么打交道。只是后来杨康来受王秉禄之托,做了王、姚两家的媒人,两人才来往得稍微多了些,那自然是因为王秉禄。不过姚满财平时多忙于厂里的事,并不在村里面多待,再加上女儿病故后与王家疏远,自己和杨康来也是有相当长的时间没有见面了。

不过人家好歹是一村之长,姚满财自然还是要笑脸相迎。

"姚哥,好久不见。这生意做得是芝麻开花——节节高呀,可喜可贺!"杨康来打着"哈哈",一进大门就在厂里扫视着。

"哪里哪里,胡凑合着干呢!"姚满财应和着他,脑子里飞速地运转着,猜度着杨康来此行的目的。"姚哥"这个称呼是崭新的,老早以前,杨康来见了他,不是直呼他的大名"姚满财"就是"老姚",有了王秉禄的关系以后,两人碰见杨康来就叫他"财哥"了,如今又变成了"姚哥",是无意的变化还是有意的改称呢?

"咳咳,是这样,老姚。"杨康来的称呼又变了,他似乎有些费劲地在组织自己的语言,"这是一件好事,也是一件光荣的事情。这不是很快就要到'五一'了吗,市里的乡镇企业局打算树立几个典型,镇上的企业办找我呢,我就推荐了你。为啥推荐你?撇开咱俩的私人关系不说,你这个厂有特色,周边十里八村还真找不出你这么个企业。"

杨康来说着,递过来一支烟,姚满财迟疑了一下,摆摆手说:"这一晌干得,嗓子疼,好几天都不抽了。"杨康来便给自己点了一根,继续说:"你这个典型一树起来,不只是咱们村人脸上有光,也是整个龙居镇的光彩呀。这不,隔几天,乡镇企业局的头头和镇上企业办的人要来咱厂里转转看看,我先提前给你打个招呼,你有个思想准备。到跟前了,我再给你说一声。美美地教他们见识一下,弄好了,大伙都能跟着你沾光。哈哈!"

姚满财以前干生产队的会计,好歹也算个干部,肚里很清楚应付上面检查不是一件简单的事情,心里有些不太情愿却又不知道该怎么推辞。送走杨康来之后,他便给赵洋说了这件事情。

赵洋听罢,想了一会儿说:"这事也不赖。咱们是要费点心思准备,但这也是咱们一个很好的宣传机会。咱们有的是优质的酸枣仁样本,去年的销售账本也可以让他们看,西安那几家中药厂对咱们的产品评价还是蛮不错的。咱们这厂,加工的是野生资源,纯天然,没污染,国家应该认可和推广的,如果能得到政府部门的扶持,那就更好了。"

清明时节雨纷纷。一场春雨过后,气温又暖和了几分。绒绒的野草不知何时已爬遍了姚遄渠的每一处角落,渠上的杨树、榆树还有柳树都已是枝叶葱茏了,工厂周边的酸枣树经过细雨的滋润也愈发显得生机勃勃,在轻风中手舞足蹈,摇曳多姿。

一辆黑色的桑塔纳轿车在三四辆摩托车的带领下,从姚遥渠北驶过来,下了南坡,停在了姚满财的工厂门口。

姚满财喝住"汪汪"直叫的大黑狗,用铁链把它锁起来,然后把两扇大门都敞开。从轿车后座上下来的小平头中年人显然是市里面的领导,杨康来走在他的右前方做引导。中年人抬头扫了一眼大门脑上姚满财专门书写的金字红底横幅"热烈欢迎各位领导莅临指导",微微点了一下头,一行人就走进了厂内。

姚满财做陪同,赵洋当讲解员,领着众人先参观了生产车间,挨着机器一个一个地解说了生产流程,又到仓库里,一一浏览了陈列的酸枣仁样品。赵洋还从光泽、颜色、饱满程度等方面给众人讲解了分辨酸枣仁品质的要点。与此同时,姚满财把提前准备好的装有上好酸枣仁的密封小纸袋一一塞给每个人,"回去品尝一下,泡茶喝!"

出了仓库,站在厂场里,姚遥渠的南坡就横在眼前,姚满财便指着坡上罗列齐整的酸枣林给参观者谈论起计划扩大规模、增加加工品种的设想。

赵洋站在了人群后,他看见人群中有个年轻小伙子,胸前挎着部相机,不时地在拍照片,忽然有一个念头从脑海里闪过,他便过去拍拍小伙子的肩膀,轻声说:"在这里拍的照片能不能给我们也洗上几张,我们给你付钱。"

"你们要这照片干吗?"

"没啥,就是做个纪念。你这相机高级,照的效果好。我们想做个镜框,挂在业务室里面,让大家都能看到国家扶持我们的力度。"

"哦,这好说。我就是咱镇政府企业办的,隔几天你到政府里面来找我取就行了。"

当然,赵洋索要照片的目的不仅仅是在厂子业务室的墙上挂,他拿到照片后,抓紧时间写了篇数百字的报道,挑了两张有代表性的照片一同寄给了已成为《农民日报》陕西记者站站长的王红雷,让他再给润色一下。没过多久,一封来自北京朝阳区十里堡的大厚信封邮寄到了厂里,赵洋打开一看,是几份崭新的《农民日报》,二版的右下方,一则图文并茂的消息赫然醒目——《春风染绿姚遑渠,河东创出新产业》,报道的正是青年农民大学生赵洋利用野生资源进行深层次加工的事迹,不光是酸枣仁,连酸枣食品加工的设想也都加在了里面。

地方部门的支持和指导,中央报纸的肯定和引领,无疑给予了姚满财和赵洋极大的鼓舞和信心。接下来的几个月里,工厂主要是利用去年冬天库存下来的酸枣进行加工,业务量不是很大,赵洋便趁这空闲,把原来榨油的厂房收拾了一下,今年除去收购野生酸枣,嫁接、栽植的酸枣苗都能实现挂果,酸枣量肯定会大大的增加,所以无论如何要想法把酸枣食品这个项目投入生产,要不成堆成堆的酸枣果肉浪费得太可惜了。而且这个项目在整个运城地区甚至周边省市可以说还是空白。商品市场,谁能抢先一步,谁就胜券在握!

农历二、五、八是龙居镇的集会日,主会场就是龙居村的南北大街,街道两旁是粗实高大的钻天杨树,挺拔入云。龙居镇政府就在大街北头十字路口的西北角,坐北面南,大门前台阶高耸,威武壮观。赵洋听父亲说过,这里以前叫张飞庙,老早以前还有好几座大殿,大殿里面供奉着刘、关、张的塑像。传说隋朝末年,唐国公李渊进军洛阳时,行至此地,突感体力不支,便在此处休息了一晚,当晚梦见刘、关、张三人与他讨论用兵之法,李渊醒后便用此法大败了洛阳王王世充。再后来李渊登基称帝,此地就被人们叫做了"龙居"。庙宇房屋多,面积大,被政府占用的情况在当地并不罕见,中条山脚下武圣关公出生地常平的乡政府就驻扎在关公家庙里。这种地方总给人一种肃穆威严的感觉,搁在以前,没有哪个老百姓敢随随便便在这里进出。

不过现在不同了,由于镇政府处在十字路口、会场边上,逢上集会的日子,有事办事的、没事闲溜腿的,小孩子在高高的台阶上玩耍,大人们则到里面转上一趟,沾沾"官气",一会再到会场上碰碰"财运"。

赵洋还是小时候跟着哥哥赵海在政府大院后面的礼堂里看过电影和过年时各村表演的社火,而且那时是从东边的侧门溜进去的,正儿八经的大门赵洋确实还没有走过几次。上次来这里取照片,是赵洋印象中第一次走大门,那次他在院里转了半天,穿了几个门洞,问了好些人,才找到了企业办,当然这次来就熟悉多了。

办公室里只有一个人,就是上次照相的那个小伙子。赵洋和他聊过,知道他是运城农校毕业的,也是来这里上班没多久。也许是年纪相仿的缘故吧,小伙子对赵洋挺热情,见他进来,便放下手中的书,招呼他坐下,并给他倒了一杯水。

赵洋把所带的东西放在办公桌上。他这次来,带了几份这几个月来刊登自己厂子信息及载有重大农业政策的《农民日报》,还有一份他费了好几天时间完成的企业前景规划方案,他从今年前半年国务院才审议通过的《中国21世纪议程》入手(这还是王红雷给他出的主意),先阐述了一下国家当前对农业与农村可持续发展的大政方针,然后详细地述说了酸枣加工系列从原料到产品的"绿色"生产过程,又从防止农村青壮劳动力外流、就近解决就业等社会问题方面进行了补充。赵洋的目的是希望通过这些能得到相关部门的支持,在资金方面给予帮助,他也不知道这样能有多大的希望,但是条路子就努力地闯一下吧。

小伙子是学农出身的,在这方面也是多多少少懂一些的,他粗略地浏览了一下赵洋的方案,不住地连连点头,惊讶地看着他说:"厉害呀,赵洋!看不出你还有这样的雄才大略,这样的构想我以前老以为只会出现在发达国家或者中国的发达地区。"

赵洋苦笑了一下,"没办法。既然选择了远方,便只能风雨兼程。当初我踏入厂门的时候,我就告诉自己,身后没路,路在前方,只要努力去走,风雨之后,定有彩虹。"他说着站起身,伸出右手,"还请你们能够认真审阅一下我们的资料,相信我和姚叔。我们的构想也是紧密切合实际,经过多次详细考虑的,只要资金到位,肯定会顺利变为现实。到那一天,请你们全体,尝酸枣糕,喝酸枣酒,不醉不休!"

小伙子一把握住了他的手,有力地晃了一下,"没问题。今天主任去市里开会了,回来了我一定向他好好说一下这事,争取上面能给你们最大的支持。期待你成功的那一天!"

第五章

9

告别小伙子,走出镇政府大门,穿过集会上熙熙攘攘的人流,赵洋来到大街最南端的跃进门前,运(城)金(井)公路经过这里,他计划在这里坐上公共汽车回工厂。

一辆公共汽车从东头开过来,到了跃进门前缓缓停了下来,赵洋走过去正要上车,迎面下来了一个人让他大吃一惊。

"赵洋!"

"小雨!"

姚晓雨一身天蓝色的牛仔装,戴一顶同色的长舌牛仔帽,一束黑发飞在身后。她背着一个行李包,拎着一个手提箱,仿佛刚跋涉过漫长旅途。

是呀,她应该远在大洋彼岸的美国呀,怎么会突然出现在自己的面前?

"你怎么回来啦?"

"我怎么不能回来呀?"姚晓雨侧头看着他,眼中闪烁着兴奋和狡黠的光芒,"这里是我的家呀!"

"你学成毕业啦?"赵洋满肚子的疑惑,她去美国也就是整整一年的时间呀。

"哪有那么快!"姚晓雨全身打量着他,"待会儿给你细说。你先说说你在这里干啥呢。"

赵洋简单地给她说了一下事情经过,姚晓雨说:"哦,正好,我也要去厂里面。公共汽车走啦,咱也没得坐了。这样,咱俩走着回吧,从姚遐渠上走,清静。反正时间也还早。"

赵洋帮姚晓雨拎了手提箱,两人登上姚遐渠顶的小路开始往工厂的方向回。两旁的树荫正好可以遮挡还有些毒辣的太阳,从南山吹来的轻风也带来丝丝的凉意。姚晓雨粉红的脸颊透着微微的汗,她敞开上衣,露出紧身的白色T恤,她是有些热,但更多的是激动和喜悦。

"说说你的情况吧,在那里学得咋样?"

"我呀!"姚晓雨扫视着前方高高低低的树林,似乎在搜寻一些什么,"我用一年的时间学完了所有的理论,接下来的工作就主要是实践了,所以我回来了。"

"什么?"赵洋不禁张大了嘴巴,"你这就毕业啦?"

"哪能呢?"姚晓雨莞尔一笑,她甩了一下头发说,"再高深的理论,没有实践做支撑都毫无价值。得克萨斯A&M大学从来都非常重视理论与实践相结合,它差不多在世界每一个角落都有自己的实践项目。研究生不一定非要死守在学校的实验室,你能否顺利毕业主要看你在你研究的专业上所取得的实际成果。"

"哦,这样呀。那你现在回国计划怎么办?"

"怎么办?找你呀。加入你的工厂,和你一起干!"

"和我?在这?"赵洋更惊讶了,他停住了脚步,瞪大了眼睛看着姚晓雨,"你是世界顶级大学的研究生呀,在咱们这小地方,怎么能行呢?"

姚晓雨也停下来,目光深深地看着他。她说:"为什么不行呢?也许我还不能马上懂得工厂的具体业务,但我在这里出生、长大,我懂得姚遑渠,懂得这一片土地,懂得这里的父老乡亲,最为重要的是,我懂得你!"

姚晓雨说,她上周回到杨陵,用了一星期的时间和孙鹏商讨，让她作为孙鹏团队的代表，回运城进行具体项目的实践开发。

"你知道吗？国务院去年颁布的《九十年代中国农业发展纲要》中专门强调要加强国际科学技术的交流合作，充实和改善农业科研条件，而且会在这方面大力增加研发经费。咱们只要认认真真作出成果，孙鹏团队就可以给咱们投入资金。当然，咱们先要拿出一个成熟的前景规划方案，这样还可以得到他们的前期预付经费。"

"对了，你再看看这。"姚晓雨从她的背包里掏出一个精致的盒子，"酸枣食品系列除去你所说的那些之外，还有这个。"她打开盒子，取了一个密封的小纸袋，"这是酸枣叶茶。酸枣叶里不仅有三萜烯酸、氯原酸、黄酮类化合物等丰富的药用成分，还含有大量的蛋白质、钙、磷、铁等矿物质及多种维生素，长期饮用，强身健体，药用价值非常高，市场前景也非常好。这些加工流程虽然麻烦，但我都有完整的资料，咱们关键是要做得更细、更好，充分利用资源，提高技术含量，真正实现清洁生产，绿色，无污染。我把商标都想好了，咱们的品牌就叫'姚暹渠'。"

"你说得真好！"赵洋找了一片阴凉，放下手提箱，一边思索着,他说:"其实,我还有这么一个更长远的构想。这几年国家不是一直强调,旅游业是第三产业中的重点产业,不断大力发展产业型旅游业吗?我觉得姚暹渠就是一个很好的旅游资源。从北魏至今,它在河东这块古老的土地上已经横亘了一千余年,比京杭大运河都还要悠久。它不仅保护盐池、灌溉农田,还可以货运四海,福泽八方。千百年来,它的身边应该发生过许许多多惊心动魄、荡气回肠的故事,要是能细细地挖掘出来,都绝对是吸引人的经典。工厂西侧的那一段姚暹渠坡度最高、地势最险,如果能合理保护,恢复成旧时原貌,不仅有利于古渠水土保持,更能带来经济效益。渠水深澈,曲折通幽,乱树杂草,古道蜿蜒,再穿插上民间流传的奇闻野史,呵呵,你想想,那会是一幅怎样的画面?"赵洋目光向南望去,"远处,有盐池、中条的湖光山色;眼前,是穿越河东时空的伟大工程,自然,人文,遥遥相对,浑然一体。这是多么好的旅游资源组合呀!"

"对呀!"姚晓雨也被赵洋的设想吸引住了,"生物资源保护与人类游憩相结合,这是现代农业发展的一个方向,也是我研究的一个课题。在我的构想中,现代农业就应该是这么个样子,因地制宜,因势利导,在尽量保持原貌的基础上合理开发,让清新的自然风光净化人的心灵,让深厚的传统文化熏陶人的情操。人类与自然和谐相处,共享文明,共赢未来!"

"那是多么美好的愿景哪!"赵洋望着远方,长长地吐了口气,"可是要实现这一切,不光要有政策的支持,还需要资金鼎力相助呀!"

"可不是,所以你要欢迎我的加盟。"姚晓雨扑闪着大眼睛,含笑看着他,"因为我可以给你争取到孙鹏团队的资金。哦,对了,一件大事差点忘了。我回到西安还见了李百灵和王红雷呢。"

姚晓雨说着,卸下背上的行李包,从里面掏出一个信封,说:"王红雷让我转交给你的。你猜一猜,是谁写的?"

"给我的?"赵洋有些疑惑,他说,"这我可猜不出来。"

"沈曼娜!"

"哦!"赵洋觉得有一股电流瞬间击遍了他的全身,这个仿佛有些生疏的名字一下子让他差点跳了起来,他赶紧伸过手去,"是吗?快让我看看。"

姚晓雨扭身躲了一下,脸色有些微红,她盯着他的眼睛,说:"咱俩共同看,行么?"

"那有啥?"赵洋也觉得自己有些失态了,他稳定了一下情绪,笑着说:"你来撕信,咱们一起看。"

  你好吗?
  我恨你,
  却又放不下你!

  沈曼娜在信里说,她在上海发展得很好,浦东新区发展得也很好,但她还是不能完全融入进去,总是觉得有些孤单。不久前她回西安,见到了王红雷,知道了赵洋在运城的大致情况,她不知道该说些什么。

  她还说,她听王红雷说赵洋的工厂在发展中遇到一些资金困难,她便想办法筹集了一些资金,又加上自己的积蓄,凑了大约6万块钱,一并汇给了他,因为不知道他的准确地址,她只能汇到山西省农业银行运城市支行。不过她说,赵洋只要拿着身份证就可以过去顺利取款。

  赵洋看到此处,忽然有一股酸楚袭上心头,泪水一下涌出了眼眶。

  泪光晶莹间,一只细软的小手捏着一方纸巾,轻轻拭去他脸上滚落的泪珠,姚晓雨轻轻地说:"感动了吧?谁让你不懂得珍惜!"

"唉!"赵洋吸了一下鼻子,默然道,"她确实是一个好姑娘!"

"你看,人家后面还有话呢!"姚晓雨搡了他一下。

> 你好好地按照你的目标去努力吧,希望你早日成功。我知道我是勉强不了你的,但你也要知道我是学金融的,金融家的投资都是需要回报的,你如果还不了我的本钱和利息,那么你就要还给我一个完整的人!

赵洋手捧着信纸,怔怔地站立着,好久没有回过神来,姚晓雨又搡了他一下,说:"还发什么愣呢,人家都这样说了,你计划怎么办呢?"

赵洋慢慢地收信入封,他注视着姚晓雨,嘴角突然绽出一丝笑意,他说:"我也不知道呀!"

姚晓雨柳眉倒竖,小嘴嘟起,飞起一脚踢向他,生气道:"还敢说你不知道?"

赵洋侧身闪过,"哈哈"大笑,拔腿向前跑去。姚晓雨在后面大声喊着:"你跑什么跑,你敢放下我不管试试?"说完自己也忍俊不禁,"扑哧"笑出了声。

一个爽朗,一个清脆,两人的笑声相互交织,融合于一体,荡漾在姚暹渠的绿树丛林间,惊飞起一群栖息的鸟儿,振翅冲向了远方。

远方的秋空,白云点点,万里湛蓝,明朗高远,辽阔无际!

2018年1月17日14:41

第一稿完

2018年1月20日17:28

第一次修改

2018年3月19日02:30

第二次修改